Anne Amrum

NORDSEE ANGST

Die Küsten-Kommissare

Das ist ein Kriminalroman und somit reine Fiktion. Sämtliche Personen und deren Handlungen sind frei erfunden. Ähnlichkeiten mit tatsächlich lebenden oder toten Personen (inklusive zufälliger Namensgleichheiten) und /oder Ereignissen sind nicht beabsichtigt und wären rein zufällig.

An dieser Stelle versichere ich, die Autorin, für die Darstellung und Erwähnung diverser gastronomischer, kultureller und touristischer Einrichtungen oder für die Verwendung von Markenbezeichnungen in diesem Buch keine Bezahlung oder anderweitige Zuwendung erhalten zu haben.

Copyright © 2022 Anne Amrum

Alle Rechte vorbehalten.

ISBN: 9798351258577

Imprint: Independently published

In Ängsten findet manches statt,
was sonst nicht stattgefunden hat
                    Wilhelm Busch

FREITAG

1

»Du solltest nicht hier sein.«

»Ich will aber.«

»Du wirst wieder dafür büßen.« Anna schüttelt traurig den Kopf. Ihr langes blondes Haar fliegt nicht mehr wie früher, als es noch seidig und weich war. Jetzt hängt es strähnig herab.

»Das muss ich doch sowieso.« Oskar zuckt mit den Schultern und angelt nach einem der Gläser auf dem Tisch. Sie sehen aus, als ob sie schon eine Weile hier stehen würden, die meisten leer, doch manche noch halb voll.

»Pfoten weg«, schimpft Anna. »Du bist erst zwölf.«

»Klar. Ist 'n Scheißalter. Sieh mich an, ich bin klein und mickrig. Nüchtern bin ich aufgeschmissen.« Er trinkt eines der umstehenden Gläser leer. »Hast du 'ne Kippe?«

»Für dich nicht«, meint Anna resolut und zündet sich selbst eine Zigarette an.

Eine Weile schweigen sie beide. Anna bläst den Rauch in die Luft.

Oskar bemerkt, wie ihre mageren Hände zittern, jedes Mal, wenn sie die Asche abstreift.

»Schlägt Yannick dich?«

»Nein. Wieso fragst du das?«

»Ich sehe, dass du Angst hast. Vielleicht noch mehr als ich.«

»Quatsch.« Annas Hände zittern heftiger.

»Kein Quatsch. Ich kenne die Angst. Seit ich sie in Ilvys Augen gesehen habe.«

»Hör auf mit Ilvy.« Sie steht auf und holt sich eine Flasche Cola aus dem Kühlschrank.

»Warum trinkst du nicht das gute Zeug?« Oskar hält eines der halbvollen Gläser hoch.

Anna antwortet nicht. Sie trinkt ihre Cola und starrt durch die schmutzige Fensterscheibe in die Nacht hinaus.

»Ich wär gern da, wo sie jetzt ist«, sagt Oskar, als sich Anna wieder zu ihm an den Tisch setzt.

»Sei still«, fährt sie ihm über den Mund. »Du weißt nicht, was du redest.«

»Weil ich erst zwölf bin? Ha!« Oskar nimmt das nächste halbvolle Glas vom Tisch und leert es in einem Zug.

»Lass das!«, schimpft Anna, aber ihre Kraft reicht nicht aus, um die weiteren Gläser, die schon seit Stunden hier stehen, in die Küche zu tragen und in die Spüle zu kippen.

Der Junge fischt ein paar gesammelte Kippen aus seiner Jeans und streicht sie glatt.

Er greift sich das nächstliegende Feuerzeug, lässt es klicken und zieht den Rauch tief in seine Lunge.

»Oskar!«, schimpft Anna. »Lass den Quatsch.«

»Warum? Weil ich dafür bestraft werde, wenn er es riecht? Das macht keinen Unterschied. Glaubst du, es tut weniger weh, wenn er bloß seine schlechte Laune an mir auslässt?«

Anna sagt nichts mehr. Sie sieht ihn bloß traurig an. Am liebsten würde sie ihm versprechen, dass alles gut wird, wenn man kein Kind mehr ist. Dass das Leben leichter wird, wenn man von zu Hause ausziehen darf. Doch es wäre gelogen. Nichts wird leichter, nichts wird besser, und schon gar nicht die Angst. Die wird mächtiger statt schwächer. Ihr Puls ist schon wieder viel zu hoch.

»Vielleicht hast du recht, vielleicht ist es friedlicher dort, wo Ilvy ist. Aber es war falsch zu tun, was sie getan hat. Versprich mir, dass du nicht dasselbe tust.«

»Ich versprech dir gar nichts.« Er inhaliert noch einmal tief von dem Stummel und dämpft ihn dann aus. »Ich würde jede Droge nehmen, wenn sie die Schmerzen vertreibt.«

Anna verzieht das Gesicht und schluckt die Worte hinunter, die ihr auf der Zunge liegen. Sie kann ihn besser verstehen, als ihr lieb ist. Der Kummer, der Schmerz, die Angst. Was würde sie dafür geben, diese ständigen Begleiter loszuwerden. Vor allem die Angst, die sich wie ein Krake in ihrer Seele festgesetzt hat.

Die Terrassentür schwingt auf und ein Blumentopf stürzt um. Der Krach lässt sie zusammenzucken.

Sie erstarrt und krallt sich am Tisch fest. Oskar registriert die Panik in ihrem Gesicht.

»Das war bloß der Sturm.« Er steht auf und schließt die Tür wieder. Den zerbrochenen Topf lässt er liegen.

»Ich mach mich noch verrückt vor Angst«, flüstert Anna und zündet sich mit zitternden Händen eine weitere Zigarette an. »Das muss ein Ende haben. Geh nach Hause und . . .«

»Und was?«

»Und ich werde die Angst in die Nacht hinausschreien.«

»Das geht?«

»Ich weiß es nicht.« Anna trinkt ihre Colaflasche leer. »Irgendwas muss ich schließlich tun.«

»Weißt du noch, wie das Lied ging?«

»Welches?«

»Das, was Ilvy immer gesungen hat. Damals, bevor sie ...«

»Das über die Freiheit?« Anna lächelt wehmütig. Ilvy und ihre Gitarre. Die beiden waren verbunden, auf eine Art, die beinahe magisch war. Wenn sie spielte und dazu sang, blieb die Zeit stehen, und für diesen Augenblick war das Leben schön. Wie gern würde sie diese Momente noch mal erleben, Ilvys Stimme hören und alles andere vergessen.

Freedom is just another word for nothing left to loose ... wie hatte sie den Song geliebt! Besonders, wenn Ilvy ihn sang. Alles war leicht gewesen, einfach und selbstverständlich. Damals, als sie noch keine Ahnung hatte, wie schnell sich das Blatt wenden würde ...

Der kleine Junge, der in dem unaufgeräumten Durcheinander nicht sein sollte, streicht die nächste Kippe glatt. Wie ein Sinnbild ihrer kaputten Welt.

»Geh endlich nach Hause, Oskar. Nichts wird besser, wenn du hier bleibst.«

Der Schlag, der gegen die Haustür donnert, bringt seine Augen zum Flackern.

»Mach nicht auf«, flüstert er.

»Hau ab«, zischt sie und erhebt sich zitternd. Mit zwei Schritten ist sie beim Lichtschalter und im nächsten Moment liegt alles im Dunklen.

Sie presst ihr Gesicht ans Fensterglas. Der Sturm

heult und bringt die Äste der Bäume zum Knacken. Sie kann bloß eine große Gestalt erkennen, die zum nächsten Schlag ausholt.

Die Eingangstür vibriert. Anna sieht sich um, doch der Junge ist verschwunden. Sie ist allein in dem dunklen Chaos, das ihr Innerstes widerspiegelt.

Unablässig donnert die Faust gegen das Holz. Ihr Herz pumpt wie verrückt und der Druck in ihrem Kopf wird unerträglich. Mit einem Mal weiß sie, dass sie keinen Tag länger leben will, mit dieser Angst. Soll er doch kommen. Alles ist besser als diese Panik, die sie völlig durchdringt.

Sie dreht den Schlüssel herum und öffnet die Tür.

Der Mann, der draußen steht, sieht ein wenig verblüfft drein, so, als ob er nicht mehr damit gerechnet hätte, dass sie öffnet.

Sie starrt ihn an.

»Ach, du bist's.«

»Ja, ich. «

Er ist groß und kräftig und nutzt seine körperliche Überlegenheit aus, um sich an ihr vorbeizudrängen.

»Wo ist der Junge?«

»Welcher Junge?«

»Willst du mich verschaukeln? Mein Junge.«

»Oskar?«

»Genau der. Zu Hause ist er nämlich nicht. Und seine Mutter meinte, ich soll mal bei der lieben Anna nachfragen.«

»Nee, hier ist er nicht.«

»Sicher?«

Der Mann in dem verschmutzten Norwegerpullover stinkt erbärmlich nach Schnaps. Er kommt nun ganz nah. Viel zu nah. Seine Hand greift nach ihrem Arm, hält sie fest. Sein stinkender Atem bringt sie zum Würgen.

»Lass los, Kalle. Ich sagte doch, er ist nicht hier.«

»Du lügst. Du hast immer schon gelogen. Ilvy ist nicht hier, Oskar ist nicht hier . . . ich bin sein Vater, verdammt noch mal! Jetzt sag mir die Wahrheit, sonst . . .«

»Hör auf, Kalle! Geh wieder nach Hause!« Sie sieht sich um und entdeckt eine Flasche Korn, die noch zur Hälfte gefüllt ist. Sie greift sie mit dem freien Arm und streckt sie ihm entgegen.

»Da, nimm das und lass mich in Ruhe.«

Er nimmt den Korn und macht zwei Schritte zur Tür, doch dann dreht er sich wieder um.

»So leicht wirst du mich nicht los.«

Er lässt sich am Tisch nieder und setzt die Flasche an die Lippen. Mit seinen entzündeten roten Säuferaugen mustert er sie Zentimeter für Zentimeter. An ihrem Dekolleté bleibt er hängen.

Sein Blick gefällt ihr nicht. Die ganze Situation gefällt ihr nicht.

Krampfhaft presst sie ihre zitternden Hände ineinander.

Geh weg, will sie schreien, doch ihrem Mund entweicht nur ein Flüstern.

Der grobschlächtige Kerl lässt seine Augen tiefer gleiten. Instinktiv presst sie ihre Beine zusammen.

Ohne seinen Blick von ihr abzuwenden, nimmt er einen weiteren kräftigen Schluck. Dann erhebt er sich drohend. Mit vorgerecktem Kopf und starrem Blick wankt er auf sie zu.

»Wo ist mein Junge?«

2

Auf der Terrasse ist es höllisch kalt und stürmisch. Der Wind pfeift und das Knacken der Äste klingt schaurig. Oskar zieht sich die Kapuze tief ins Gesicht und drückt sich die Nase an der Fensterscheibe platt.

Warum bloß hat Anna ihn hereingelassen? Das hätte sie nicht tun müssen. Nicht tun sollen. Mädchen sind doof. Auch, wenn sie erwachsen sind. Und Anna ist leider nicht besonders schlau. Obwohl sie alles ist, was er noch hat. Ilvy war auch doof gewesen. Aber sie konnte Gitarre spielen, was irgendwie tröstlich war. Wenn sie für ihn sang, dann spürte er etwas, das er nirgendwo sonst empfand. Geborgenheit.

Manchmal wünschte er insgeheim, Anna wäre statt Ilvy gestorben, dann wäre seine Welt nicht so kalt. Doch am meisten wünschte er, sein Vater wäre gestorben, dann hätten sie alle eine Chance auf ein Leben gehabt. Anna, Ilvy und er. Und Mama. Vielleicht hätte sie wieder angefangen, mit Ilvy zu singen, wie damals, als er noch klein war.

Drinnen fliegt ein Stuhl durch den Raum und reißt ihn aus seinen Gedanken. Er kann hören, wie sein Vater brüllt, aber die Worte kann er nicht verstehen.

Anna flüchtet zur Terrassentür. Sie zerrt an dem Griff. Doch die kaputte Klinke gibt nach und fällt zu Boden. Als die massige Gestalt in dem verschmutzten Norwegerpulli auf sie einschlägt, spürt er Panik in sich hochsteigen. Er darf nicht auch noch Anna verlieren.

Nicht Anna.

Todesmutig wirft er sich gegen die Glastür. Er schlägt so lange dagegen, bis sein Vater von ihr ablässt und ihm durch die Scheibe genau ins Gesicht starrt.

Im selben Moment läuft er los.

Quer durch den Hinterhof. An den Hochbeeten vorbei bis zum Schuppen. Er kennt das Loch im Zaun, zwischen dem Schuppen und der Scheune, die dahinter liegt. Das muss er erreichen.

Plötzlich hört er seinen Vater hinter sich brüllen. Offenbar hat er die Terrassentür aufbekommen. Das ist gut für Anna, aber gefährlich für ihn selbst.

Es sind bloß noch wenige Meter bis zum Zaun, und das Loch dort ist gerade mal groß genug für ein Kind. So kann er seinen Vater abschütteln. Ja, ganz bestimmt kann er es schaffen, ihm für heute Nacht zu entkommen.

Doch von einem Moment auf den anderen fehlt ihm der Boden unter den Füßen, und während er sich noch wundert, wie das sein kann, schlägt er so heftig auf, dass er sein Bewusstsein verliert.

*Mit der Furcht fängt die Sklaverei an,
aber auch mit Zutrauen und Sorglosigkeit*

Johann Gottfried Seume

SAMSTAG

3

Mit warmen Brötchen vom Bäcker klopft Elsa an Yannicks Tür. Sie hört seine vertrauten, schlurfenden Schritte, bevor er öffnet.

»Ach du bist's.«

»Klar. Brötchenservice für meinen Lieblingsmaler. Nee, ohne Spaß, wollte mal nach dir sehen.«

»Und was siehste?« Er fährt sich mit den Fingern durch das zersauste Haar.

Elsa geht gar nicht darauf ein. Die dunklen Schatten unter seinen Augen und der verzweifelte Blick sagen ihr mehr als genug. Sie drängt sich an ihm vorbei in die Küche.

»Gönn dir doch mal 'ne feine Dusche, ich mach uns inzwischen 'nen schönen heißen Tee.«

»Kaffee«, brummt Yannick. »Wenn schon, dann Kaffee.«

»Okay, dann eben Kaffee.«

Sie legt die Tüte mit den Brötchen neben der Spüle ab und füllt Wasser in die Maschine.

Yannick lässt sich am Küchentisch nieder und sieht ihr mit ausdruckslosem Blick zu.

»Dusche?«, wiederholt sie und garniert ihre Aufforderung mit einem strahlenden Lächeln. »Danach fühlst du dich wie neugeboren.«

»Nee, auf Wasser hab ich im Moment null Bock. Und an meinen Gefühlen ändert das auch nichts.«

»Ist es denn fix, dass sie es wegmachen will?«

Er nickt traurig. »Es ist schon passiert. Sie hat den Eingriff durchführen lassen.«

Elsa zieht vor Überraschung die Brauen hoch. Es zerreißt ihr das Herz, wenn sie seinen Kummer so hautnah miterlebt. Ausgerechnet Yannick, dieser wunderschöne junge Mann mit den warmen, nussbraunen Augen und dem bezauberndsten Lächeln, das sie je gesehen hat, muss an ein so gefühlskaltes Wesen wie Anna geraten. Was hat sich das Schicksal bloß dabei gedacht? Spontan streicht sie ihm über die Schultern.

»Wann hat sie dir das gesagt?«

»Gestern. Ich hab noch mal versucht, mit ihr über unsere Beziehung zu reden. Ich wollte wissen, wo sie war – letzten Dienstag, als sie den ganzen Tag nicht zu Hause war. Doch sie sagte bloß Hamburg. Egal, wie oft ich es versucht habe, sie wollte mir nicht sagen, was sie dort gemacht hat. Irgendwann fiel es mir dann wie Schuppen von den Augen . . .« Seine Stimme versagt und er lässt den Kopf auf die Tischplatte sinken.

»Oh.« Elsa streichelt ihm übers Haar. Über diese wunderbar dichten Locken, die weit über die Schultern reichen. »Das tut mir so leid für dich.«

Yannick sagt gar nichts mehr, aber sie spürt, wie seine Schultern beben.

Eine Weile sitzen sie bloß still nebeneinander und hören dem Röcheln der Kaffeemaschine zu.

»Ich dachte echt, wir hätten Fortschritte gemacht«,

beginnt Yannick dann von selbst wieder zu sprechen. »Aber vielleicht wollte ich einfach bloß glauben, dass die Therapie anschlägt . . . weil ich es mir so wünsche. Alles, was ich will, ist ein normales Leben für uns. Für Anna und mich und . . . das Kind, das wir hätten haben können . . .«

Er bricht nun in Tränen aus, und Elsa wartet geduldig, bis er weiterspricht.

»Nichts von dem, was sie sagte, ergab einen Sinn. Sie redete bloß von ihrer Angst, die sie zerfressen würde, und dass es ein Verbrechen wäre, ein Kind in diese Welt zu setzen, wenn man es nicht beschützen kann. Und dass sie selbst unfähig wäre, jemanden zu beschützen, solange sie sich selbst nicht einmal vor ihrer eigenen Angst schützen könnte . . . und mir hat sie es offenbar auch nicht zugetraut . . .«

Elsa reicht ihm eine Tasse mit heißem Kaffee und rührt ihm einen Löffel Zucker hinein.

»So darfst du nicht denken. Nichts, was Anna tut oder getan hat, hat mit dir zu tun. Du weißt doch, wie sie ist . . .«

»Ja, aber wie soll das funktionieren mit uns beiden, wenn ich einfach keine Rolle in ihrem Leben spiele? Diese Angst, die sie mit sich herumschleppt, nimmt so viel Platz ein, da bleibt für mich nichts übrig.«

Elsa presst die Lippen aufeinander. Ja, das ist die Gretchenfrage. Und am liebsten würde sie ihm die Antwort ins Gesicht schleudern. *Gar nicht, du Idiot. Du liebst die Falsche, sie wird dich bloß unglücklich machen, weil sie deine Liebe gar nicht erwidern kann!* Doch sie wird diese Worte nicht aussprechen, niemals.

Ein Klopfen an der Tür lässt sie aufhorchen. Yannick scheint es nicht zu bemerken.

»Erwartest du jemanden?«

»Ich?« Die Frage, verbunden mit seinem Blick, sagt alles.

Das Klopfen wird stärker.

»Ich geh mal nachgucken.«

Elsa öffnet die Tür und ist überrascht, Annas Mutter, in einen bunten Sari gewandet, auf der Türschwelle vorzufinden.

»Moin Lisbeth.«

»Moin. Ist Yannick hier?«

»Klar.«

Elsa zieht die Tür weit auf und bittet sie mit einer freundlichen Geste herein.

»Meine Tochter lässt mich nicht hinein«, kommt Lisbeth sofort auf den Punkt, stutzt aber dann, als sie Yannick erblickt.

»Wie siehst du denn aus? Und du riechst! Junge, du gehörst dringend unter die Dusche!«

»Mhm . . .« Er schlürft seinen Kaffee.

»Was heißt, sie lässt dich nicht hinein?«, hakt Elsa neugierig nach.

»Dass sie mich nicht reinlässt, wie kann man das nicht verstehen?«, gibt Lisbeth kopfschüttelnd retour.

»Und du hast keinen Schlüssel?«

»Doch, klar hab ich den, aber Annas steckt von innen. Da kannste nichts machen.«

»Ach.« Elsa zieht ihr Handy aus der Tasche. »Soll ich mal bei ihr anrufen?«

»Hab ich schon fünfmal gemacht. Da kommste bloß auf die Mailbox.«

Lisbeths Blick wandert wieder zu Yannick, dessen äußeres Erscheinungsbild eindeutig Anlass zur Sorge gibt.

»Hattet ihr Streit?«

»Mhm . . .«

»Dann hat sie deshalb dicht gemacht?«, wundert sich Lisbeth und schenkt sich ebenfalls eine Tasse Kaffee ein.

»Offenbar im wahrsten Sinne des Wortes«, murmelt Elsa.

»Ich wüsste nicht, was dich das angeht«, gibt Annas Mutter spitz zurück.

Elsa spürt, wie ihre Wangen zu brennen beginnen. Natürlich – wie jedes Mal – geht es sie gar nichts an, wenn der Mann, den sie über alles liebt, von seiner neurotischen Freundin in die Verzweiflung getrieben wird. Wie immer presst sie auch dieses Mal ihre Lippen fest aufeinander, um kein Wort zu verlieren. Es gibt Phasen, die muss man durchstehen, doch auf jede Prüfung folgt eine Belohnung. Ganz bestimmt. Sie muss sich eben noch gedulden. Wie heißt es so schön, gut Ding will Weile haben.

Lisbeth kippt den heißen Kaffee hinunter und wendet sich wieder an Yannick.

»Was mach ich denn jetzt?«

Nachdem jener nicht reagiert, wagt Elsa einen neuerlichen Versuch.

»Soll ich mit dir hinübergehen?«

Sie deutet durch das Küchenfenster auf den gegenüber liegenden Vorgarten.

»Und was soll das bringen?« Lisbeth verzieht unwirsch die Lippen.

»Wir könnten an die Fenster klopfen und ihren Namen rufen. Oder wir gehen hinten rum und gucken, ob die Terrassentür offen steht . . .«

»Ja, klar. Meine dämliche Tochter lässt im

November die Terrassentür offen stehen . . .«

»Ich hab nicht gesagt, dass sie dämlich ist . . . vielleicht ist das Klofenster auf, dann könnten wir mit einer Leiter . . .«

»Du willst auf eine Leiter klettern?«, unterbricht Lisbeth sie hämisch.

Elsas Wangen brennen erneut.

»Ich weiß, dass ich ein paar Kilo zu viel habe, aber völlig unsportlich bin ich nicht.«

Doch Annas Mutter ignoriert diesen Einwurf und wendet sich erneut an Yannick.

»Du kommst mit mir mit. Du bist Annas Freund und ich ihre Mutter. Wir holen sie gemeinsam aus dem Bett – notfalls eben mit der verdammten Leiter.«

»Keine Chance.« Yannick vergräbt seinen Kopf in den Händen.

»Gut«, seufzt Lisbeth und lässt ihre Blicke über Elsas üppige Rundungen gleiten. »Dann gehen eben wir beide.«

4

»Ich finde es nicht gut, wenn du ständig bei Yannick rumhängst«, erklärt Lisbeth ohne Umschweife, als sie die Straße queren.

»Warum denn?«

Elsa spürt sofort den Stich in der Brust. Obwohl sie zu allen immer nett und freundlich ist, muss sie ständig mit Zurückweisungen und Vorwürfen klarkommen. Ob das bloß an ihrer Figur liegt?

»Ich denke, es hilft Anna nicht, wenn du Yannick so offen anhimmelst. Sie hat weiß Gott genug eigene Sorgen.«

»Aber ich . . .« Elsa kann spüren, wie ihr Kopf heiß wird und ihre Wangen zu brennen beginnen. Schon wieder. Ist es so offensichtlich, dass sie in Yannick verliebt ist? Sie muss sich wirklich mehr zusammenreißen.

»Wir sind bloß Freunde . . . ehrlich«, stammelt sie verlegen.

»Ja, aber das liegt an ihm, nicht wahr?«, bringt

Lisbeth es auf den Punkt.

Elsa beißt sich auf die Unterlippe, um die Tränen zurückzuhalten. Sie hätte nicht mitkommen sollen, das hat sie nun davon, dass sie sich von ihrer Neugier leiten ließ. Diese Demütigungen geschehen ihr ganz recht.

Annas Mutter klopft mit ihren Fingerknöcheln an das Küchenfenster.

»Vermutlich hat sie wieder was eingeworfen, um schlafen zu können«, flucht sie, nachdem ihre Bemühungen keinen Erfolg zeigen.

»Was hattet ihr denn ausgemacht?«, fragt Elsa zaghaft. Bestimmt handelt sie sich als Antwort nun den nächsten Rüffel ein.

»Ausgemacht? Ich war 'ne Nacht in Hamburg. Anna wusste das, sie sagte, es wäre okay und ganz ehrlich, man muss 'ne Dreiundzwanzigjährige auch mal 'ne Nacht allein lassen können. Nach mehr als einem Jahr Therapie . . .«

»Ich denke auch, dass man dir keinen Vorwurf machen kann«, stimmt Elsa eifrig zu, froh, nicht wieder gemaßregelt worden zu sein.

»Vorwurf? Wieso denn Vorwurf?« Lisbeth reibt sich über ihre Fingerknöchel. »Das Klopfen hier bringt nichts. Sehen wir hinten nach.«

»Okay.« Elsa nickt und stapft auf dem schmalen Weg, der um das Haus führt, voran. »Ehrlich, Lisbeth, zwischen Yannick und mir läuft nichts. Ich bin keine, die sich in bestehende Beziehungen drängt, das musst du mir glauben.«

»Jaja, pass bloß auf!«, zischt Lisbeth und reißt sie so heftig an ihrer Jacke zurück, dass sie das Gleichgewicht verliert und mit dem Gesäß auf den Boden plumpst.

»Hey . . .« Elsas Augen füllen sich sofort mit Tränen.

Solch einen hinterhältigen körperlichen Angriff hat sie nicht verdient. Doch dann sieht sie, wie Lisbeth sich bückt und ein großes Stück Metall über ein riesiges Loch in der Erde zieht.

»Was ist los?«

»Die Abdeckung vom Schacht ist verrutscht. Du wärst beinahe hineingestolpert.«

»Oh, danke.« Elsa rappelt sich hoch und wischt sich beschämt die Tränen aus den Augenwinkeln. Sie klopft sich den Schmutz von der Hose, richtet ihre Jacke und stapft weiter. Doch nach zwei Schritten bleibt sie wie versteinert stehen.

»Lisbeth, ich glaube, hier stimmt etwas nicht. Guck mal, jemand hat die Terrassentür eingeschlagen. Der ganze Boden ist voller Splitter.«

5

Sophie tappt verschlafen die Treppe in die Küche hinunter. Bei der letzten Stufe muss sie über ihren Kater steigen, der es sich dort bequem gemacht hat. Als sie noch mit Otello allein in dem Häuschen in Schobüll wohnte, weckte er sie jeden Morgen mit seinem Gemaunze nach Futter. Ihr Bedürfnis, am Wochenende auszuschlafen, ist nun mal nichts, was eine Katze interessiert. Hier, in Taakos Haus, profitiert sie von dem Glücksfall, dass ihr Liebster passionierter Frühaufsteher ist.

Sie umarmt ihn von hinten.

»Danke dir, Schatz.«

»Wofür?« Taako dreht sich zu ihr um und streicht ihr die widerspenstigen, rötlich-braunen Locken aus dem Gesicht.

»Dass ich ausschlafen durfte.«

»Ach das.« Er lächelt. »Dein schwarz-weißes Raubtier wartet seit neuestem neben der Kaffeemaschine auf mich. Heute hatte er sogar eine Pfote quer über die Box mit den Tabs gelegt. Deutlicher kann eine Katze nicht sagen: *Füttere mich zuerst!*«

Sophie lacht. »Dafür ist dir seine ewige Liebe nun sicher. Du musst wissen, mit Futter kann man sein Herz gewinnen.«

»Den Eindruck hab ich auch.«

»Auf jeden Fall bin ich froh, dass Otello sich so gut eingelebt hat.«

»Weil du jetzt endlich ausschlafen kannst?«, nimmt Taako sie auf den Arm. »Gib zu, das war der wahre Grund, warum du zu mir gezogen bist!«

»Bin ich so leicht zu durchschauen?« Sophie schmiegt sich an ihn und zwinkert ihm verschwörerisch zu. Seit sie vor zwei Wochen bei ihm eingezogen ist, hat sie es noch keinen Moment bereut. Zum ersten Mal überhaupt hat sie das Gefühl, in einer Beziehung angekommen zu sein. Eine Familie zu haben.

Sie küsst ihn innig und im selben Moment kracht etwas zu Boden – verbunden mit einem Schmerz in ihrem rechten Knöchel.

»Aua! Was . . .?«

Sie fährt herum. Nils' Skateboard ist ihr wie ein Geschoss ins Bein gesaust und Nils selbst liegt wie ein Käfer auf dem Rücken, nur wenige Meter entfernt.

»Du sollst im Haus nicht mit dem Ding fahren!«, schimpft Taako und verstaut das corpus delicti ohne weitere Diskussion ganz oben auf dem Schrank.

»Nein, Papa, nicht so hoch«, brüllt Nils. »Da komm ich nicht ran!«

»Genau deshalb.« Taako grinst. »Das Board ist für draußen. Wenn du dir die Schuhe anziehst und damit rausgehst, kriegst du es wieder.«

»Okay«, mault der Junge und verzieht das Gesicht.

»Aber zuerst isst du Frühstück«, setzt Taako noch

hinzu. »Sophie macht nämlich Pfannkuchen für uns!«

»Tu ich das?«, fragt sie verblüfft und reibt sich den Knöchel.

»Vermutlich nicht«, lacht Taako. »Ich wollte bloß dein Gesicht sehen, wenn ich es sage. Deine Kinnlade ist gerade eben fünf Zentimeter abgesackt.«

»Das wundert mich nicht, ich weiß nämlich nicht, wie . . .«

»Alles klar.« Er lacht immer noch. »Ich übernehme den Teig und ihr beide könnt die Pfannen schwingen.«

»Ja, das krieg ich hin.«

»Ich auch.« Nils leckt sich bereits über die Lippen.

Doch kaum ist es Sophie gelungen, den ersten Pfannkuchen zu wenden, ertönt unüberhörbar das elektronische Möwengeschrei aus ihrem Handy, das einen Anruf ankündigt.

»Lass es bitte nicht dienstlich sein«, fleht sie mit einem Blick zum Himmel.

Taako, der näher dran ist, reicht es ihr.

»Ich fürchte schon«, meint er nach einem Blick aufs Display.

Hauptkommissar Rüdiger Thomsen steht dort geschrieben.

Widerwillig nimmt sie das Gespräch an.

»Moin Rüde.«

»Meerkatz, komm in die Hufe, wir haben 'nen neuen Fall.«

»Ach, nee. Ausgerechnet Samstagmorgen? Jetzt ist das ganze Wochenende im . . .«

»Ja, weiß ich«, unterbricht ihr Chef ungeduldig. »Meines auch.«

* * *

»Oh Mann, was ist denn hier los?«, stöhnt sie, als sie in der Süderstraße ankommt. Der Menschenauflauf, der die gesamte kleine Gasse verstopft, erschwert auch ihr Parkmanöver.

Sie muss mehrmals hupen, bis sie ihren Nissan Pickup in eine Parklücke manövriert hat, ohne jemandem die Füße platt zu machen.

»Machen Sie die Straße frei«, blafft sie beim Aussteigen und winkt einer Kollegin in Uniform zu, die inmitten der Menschentraube völlig überfordert wirkt.

Im Inneren des Hauses ist der Andrang nur unwesentlich geringer. Sie gelangt in ein lichtdurchflutetes Atelier, doch vor lauter Menschen kann sie weder die Leiche noch ihren Chef entdecken.

»Rüde?«

»Ah, Meerkatz.« Er bahnt sich einen Weg zu ihr. »Gut, dass du so schnell kommen konntest.«

»Offenbar als Letzte.«

»Wie? Nee, das sind bloß die Kollegen von der SpuSi – die waren diesmal extrem schnell hier – und die Familie des Opfers. Gerade eben hab ich zu Svenja gesagt, sie soll mit denen nach nebenan gehen.«

»Gut. Wo ist denn die Leiche?«

»Hier vorn, neben dem Terrassenfenster.«

Tatsächlich sieht Sophie nun Beine auf dem Steinboden und als sie sich hinunterbückt, erkennt sie eine junge Frau mit hüftlangem blonden Haar. Die schmutzigen Strähnen hängen traurig an ihr herab.

»Wie heißt sie?«

»Anna Mertens.«

»Blut gibt es keines«, murmelt Sophie, während sie den toten Körper betrachtet.

Der Mann in der blauen Windjacke neben ihr dreht sich zu ihr um.

»Doch, aber wenig. Sie wurde erschlagen. Mit einem stumpfen Gegenstand. Aus der Wunde am Hinterkopf ist kaum Blut ausgetreten.«

»Ah, Aiko, auch schon hier.«

Der Leichenbeschauer wirft ihr einen mitleidigen Blick zu. »Schon seit 'ner halben Stunde.«

Sophie ärgert sich, lässt sich aber nichts anmerken. »Dann hast du schon Infos für uns?«

»Wie ich soeben sagte, sie wurde erschlagen«, wiederholt Aiko Emmermann in dem ihm eigenen überheblichen Tonfall. »Sieht man klar und deutlich.«

»Aha.« Sophie schluckt die hämische Bemerkung, die ihr auf der Zunge liegt, hinunter. Sie erinnert sich an eine Leiche mit Einschussloch in der Stirn, die Emmermann glatt als Herzinfarkt durchgewunken hatte, weil er nicht auf die Idee kam, unter der Mütze nachzusehen. Aber wenn er nun genauer hinguckt, ist das durchaus eine erfreuliche Entwicklung.

»Weißt du auch wann?«, hakt sie nach.

»Klar, letzte Nacht, 23:51.«

»Witzig.« Sophie verdreht die Augen.

»Nein, Uhr kaputt«, mischt sich nun Thomsen ein und streckt ihr einen durchsichtigen Tatortbeutel entgegen, in dem sich eine zierliche Armbanduhr befindet. »Die lag auf dem Boden. Die Mutter des Opfers hat bereits bestätigt, dass ihre Tochter die immer getragen hat.«

»Und die ging bei dem Schlag auf den Kopf kaputt«?

Sophies skeptischer Tonfall gefällt dem Leichenbeschauer überhaupt nicht.

»Vermutlich beim darauffolgenden Sturz. Außerdem gibt es deutliche Anzeichen für weitere Schläge, die waren jedoch nicht tödlich«, fügt er genervt hinzu.

»Wo ist die Tatwaffe?«

Emmermann verdreht nun ungeniert die Augen und macht eine weitschweifende Handbewegung, die das gesamte Chaos auf dem Boden mit einschließt.

»Hier liegen tausende Bruchstücke aus Ton, Gips und Keramik, irgend 'ne dicke schwere Vase wird's schon gewesen sein.«

»Ich hab hier ein großes Teil mit Blutspuren. Da klebt sogar ein langes blondes Haar dran«, meldet prompt einer der Kollegen des Spurensicherungsdienstes. »Sieht aus, als wäre das mal ein riesiger Krug gewesen.«

»Wow.« Sophie betrachtet die Scherbe eingehend. »Wir benötigen die anderen Teile ebenfalls – es muss wieder zusammengesetzt werden.«

»Er«, meint Emmermann von oben herab.

»Wer er?«, fragt Sophie irritiert.

»Der Krug. Er ist eindeutig maskulin, wenngleich er ein aufnehmendes Gefäß ist«, belehrt sie der Leichenbeschauer. »*Er* muss wieder zusammengesetzt werden.«

Sie runzelt missbilligend ihre Augenbrauen und ärgert sich, dass ihr Chef amüsiert vor sich hin grinst.

»Der Krug, die Vase, das Gefäß . . . wie auch immer. Hauptsache, wir finden alle Teile! Mit etwas Glück hat der Täter Fingerabdrücke hinterlassen.«

Sophie geht in die Hocke und betrachtet eingehend

das Gesicht der jungen Toten. Es wirkt blass und ungesund.

»Wie alt ist sie denn eigentlich?«

»Erst dreiundzwanzig«, sagt Thomsen und in seiner Stimme schwingt Bedauern mit.

6

»Ich möchte sie gern nackt sehen.«

»Wie bitte?« Dr. Aiko Emmermann, der gerade seine Tasche zusammenpackt, blickt erstaunt auf.

»Ich möchte sie gern nackt sehen.« Sophie deutet nun demonstrativ auf die Leiche.

»Ach so . . . wozu das denn?«, fragt er nörgelnd nach. »Hier liegt eindeutig Fremdverschulden vor und der Rüde hat bereits mit der Gerichtsmedizin telefoniert. Sie ist gleich Montag früh mit der Autopsie dran.«

»Richtig«, bestätigt Thomsen mit einem tiefen Brummen.

»Eben«, beharrt Sophie. »Das ist erst in achtundvierzig Stunden. Und wie wir alle wissen, sind gerade diese ersten Stunden ermittlungstechnisch am relevantesten. Ich muss wissen, ob sie noch weitere Verletzungen hat, insbesondere, ob sexuelle Gewalt im Spiel war. Und außerdem«, fügt sie listig hinzu und blickt den Leichenbeschauer so freundlich wie möglich an, »kannst du auch gleich die Totenflecke eingehend studieren. Das wäre für die Feststellung der Todeszeit wichtig.«

»Du willst es noch genauer als 23:51?«, knurrt Emmermann.

»Nein, aber ich brauche Gewissheit, ob die Uhrzeit auf der kaputten Uhr mit der Todeszeit, die uns die Leiche verrät, übereinstimmt. Es könnte ja sein, dass die Uhr kaputtging, als Anna noch lebte.«

»Da hat sie recht«, brummt Thomsen.

»Du willst, dass ich sie hier in diesem Dreck ausziehe?«

»Oder im Institut«, schlägt Thomsen vor.

»Fein.« Emmermann schickt giftige Blicke in Sophies Richtung, gibt sich aber ansonsten geschlagen. »Dann organisiere ich mal den Abtransport. Ich melde mich dann, wenn ich sie durchgecheckt habe.«

Sophie betrachtet das Atelier interessiert. Das Chaos hier ist so überwältigend, dass es beinahe unmöglich ist, sich den Raum vorzustellen, wie er war, bevor passierte, was immer hier passierte. Sie versucht es dennoch.

Die großen Glasflächen zum Garten hin sorgen dafür, dass auch an trüben Tagen, so wie heute, genügend Tageslicht hereinfällt. Würde man ein wenig Geld in die Renovierung stecken, könnte man aus diesem Raum ein Schmuckstück machen. Im derzeitigen Zustand wirkt er aber eher deprimierend. Der Putz kommt an etlichen Stellen von den Wänden; hauptsächlich dort, wo alte Stromleitungen notdürftig entlang der Wand montiert sind. Die großen metallenen Schränke an den Wänden sind ebenso rostig wie die unzähligen offenen Regale. Der Fußboden scheint aus alten Ziegeln zu bestehen, aber es ist schwierig, das verlässlich festzustellen, da Tonnen an zerschlagenen Gips- und Tonskulpturen darauf zu liegen gekommen sind.

Nun wirkt es, als ob einzelne umgestürzte Möbelteile und die beiden riesigen Pflanzen in der Ecke, ein Ficus und ein halb verdorrter Gummibaum, aus dieser trostlosen Gips- und Tonwüste herauswachsen würden. Zu den unzähligen Scherben zählen auch welche aus Glas, denn in der Terrassentür hängen bloß noch ein paar vereinzelte Reste.

Der Polizeifotograf packt seine Geräte zusammen und die Kollegen von der SpuSi gönnen sich eine Rauchpause im Freien. Thomsen gesellt sich zu ihnen und Emmermann folgt ihm wie ein Schoßhund. Mit einem Mal steht Sophie ganz allein in diesem völlig zerstörten Raum.

Sie streift sich Plastikhandschuhe über und sieht sich die Scherben näher an. Vorsichtig nimmt sie ein Bruchstück hoch. Der Flügel eines Engels. Daneben liegt etwas, das aussieht wie das Ohr eines Elefanten. Sophie sucht nun akribisch den Boden ab und entdeckt Glasscherben von Trinkgläsern, an denen noch eine Flüssigkeit haftet. Eine Nummerntafel der SpuSi steht bereits daneben. Gut so. Vielleicht lassen sich von den zerbrochenen Gläsern wertvolle Spuren gewinnen.

Anna Mertens wäre nicht das erste Opfer, das mit seinem Mörder zuvor noch etwas getrunken hätte.

7

In der geräumigen, aber unaufgeräumten Küche findet Sophie ihren Kollegen Kommissar Jasper Hinrichs mit drei weiteren Personen vor. Bei der schlanken Frau mit dem langen, grauen Zopf, die einen bunten Sari trägt, dürfte es sich wohl um die Mutter des Opfers handeln. Neben ihr sitzen ein verweinter junger Mann mit dichten, schulterlangen Locken und eine dickliche junge Frau mit roten Backen, die ihre kinnlangen Haare zu zwei Zöpfen gebunden hat, die links und rechts über den Ohren abstehen.

Jasper löst sich aus der Unterhaltung und übernimmt die gegenseitige Vorstellung. Sophie erfährt nun, dass sie mit ihrer Vermutung, die Mutter betreffend, richtig lag. Der junge Mann stellt sich als der feste Freund des Opfers heraus und die rotbackige Dicke mit den abstehenden Zöpfen als befreundete Nachbarin.

»Frau Mertens, mein aufrichtiges Beileid für Ihren Verlust«, wendet sich Sophie nun an die erschütterte Frau in dem bunten Sari. Erst jetzt fallen ihr die tiefblauen Augen auf. Ein wunderschönes Eisblau, das mit dem Silbergrau ihrer Haare unglaublich gut harmonieren würde, wäre da nicht der krachbunte Sari, der weder zu ihrem Gesicht noch zu der traurigen Situation insgesamt passt.

»Danke.« Lisbeth Mertens schluckt tapfer. »Was ist mit meiner Tochter passiert? Hat sie sich . . .?«

Sophie wirft ihrem Kollegen einen Seitenblick zu.

»Frau Mertens befürchtet, ihre Tochter hat sich das Leben genommen«, beeilt sich Jasper mit der Erklärung. »Sie war psychisch nicht ganz stabil.«

Die Frau in dem bunten Sari nickt bekümmert und die eisblauen Augen füllen sich mit Tränen.

»Ich hätte nicht nach Hamburg fahren dürfen . . .«

Sophie räuspert sich.

»Frau Mertens, soviel kann ich schon mal klarstellen, Anna hat ihr Leben nicht selbst beendet. Sie wurde ermordet.«

»Ach du meine Güte«, japst die Nachbarin, während der Freund der Toten, der sich zur Begrüßung erhoben hatte, wie niedergeknüppelt auf den Stuhl zurücksinkt.

Lisbeth presst die Lippen zu einem Strich zusammen und klammert sich am Tisch fest.

»Ermordet? Aber warum denn?«

»Frau Mertens, können wir uns hier irgendwo in Ruhe unter vier Augen unterhalten?«, fragt Sophie.

»Ja . . . vielleicht nebenan?«

Lisbeth führt sie in einen Nebenraum, in dem ein runder Tisch mit vier Stühlen steht, der vergleichsweise ordentlich und aufgeräumt wirkt. Auch ein kleines Sofa und ein wuchtiger Fernsehapparat aus dem letzten Jahrhundert haben hier Platz gefunden.

»Das ist mein Rückzugsort. Es ist nicht immer leicht, mit einer erwachsenen Tochter unter einem Dach zu leben.«

Sophie lächelt und nimmt am Tisch Platz. »Erzählen Sie mir davon.«

»Nun ja, Anna ist . . . sie war . . . schwierig, sie hatte Probleme. Ich verstand das schon, bis zu einem gewissen Grad, die Sache in Hamburg, ich meine mit Ilvy, ist traumatisch für sie gewesen.«

»Wer ist Ilvy?«

»Ilvy war ihre beste Freundin. Sie starb vor ungefähr einem Jahr. An einer Überdosis.«

»Oh. Und Anna? War sie auch . . . ich meine, nahm sie auch Drogen?«

»Ich denke schon. Sie ist mir immer ausgewichen, wenn ich danach gefragt habe, aber ich kann es mir nicht anders vorstellen. Die beiden haben immer alles zusammen gemacht. Als Ilvy tot aufgefunden wurde und es durchsickerte, woran sie gestorben war, habe ich Anna sofort einen Therapieplatz besorgt. Aber die Ärzte dort durften mir nichts sagen. Anna hatte es ihnen verboten. Auch später sprach sie mit mir nie über ihre Zeit in Hamburg.«

Sophie beobachtet, wie ihre Zeugin sich gedanklich in der Vergangenheit verliert.

»Haben Sie Annas Vater schon informiert?«

»Annas Vater?« Von einem Moment auf den anderen ist Lisbeth Mertens wieder in der Gegenwart angekommen.

»Ja.«

»Den gibt es nicht. Also nicht in unserem Leben. Der hat es vorgezogen, das Weite zu suchen, als ich ihm von meiner Schwangerschaft erzählte und ist seitdem nie wieder aufgetaucht. Ich weiß gar nicht, wo der wohnt.«

»Dann erzählen Sie mir von Anna. Wie war sie als

Kind?«

»Als Kind? Was spielt das denn jetzt für 'ne Rolle?«, will Lisbeth wissen. Die skeptischen Falten auf ihrer Stirn sind nicht zu übersehen.

»Ich möchte mir ein Bild von Ihrer Tochter machen, um sie besser kennenzulernen.«

»In Ordnung.« Lisbeth schnäuzt sich geräuschvoll in ein Taschentuch. »Sie war echt 'n liebes Kind. Brav in der Schule und auch 'ne Hilfe im Haushalt. Die beiden haben für mich eingekauft und auch beim Kochen geholfen.«

»Die beiden?«

»Anna und Ilvy. Seit der Kita waren sie unzertrennlich. Und Ilvy wohnte ja bloß drei Straßen weiter. Sie machten alles zusammen, da war es nicht verwunderlich, dass sie gemeinsam nach Hamburg gingen.«

»Und weiter?«

»Sie fanden Anschluss bei einer alternativen Kommune. Anna teilte sich dort mit zwei anderen eine Werkstatt und Ilvy hat Gitarre gespielt. Und dazu gesungen. Erst auf der Straße, und später auch in Lokalen. Anna hatte Erfolg mit ihren Skulpturen, sie hatte sich auf Engel spezialisiert und die kamen gut an. Sie verdiente gutes Geld in Hamburg, und so war es ein richtiger Schock für mich, als ich von einem Tag auf den anderen von Ilvys Tod und den Drogen erfuhr.«

»Und Ilvys Eltern, wie haben die reagiert?«

»Ilvys Eltern . . .« Lisbeth schüttelt den Kopf. »Die waren immer schon problematisch. Nach jedem Kontakt mit Ilvys Vater war ich heilfroh, dass ich mit meiner Tochter allein geblieben bin. Der Kalle ist ein schrecklicher Despot. Und jähzornig noch dazu.«

»Und Ilvys Mutter?«

»Die Klara? Die konnte einem bloß leidtun, allerdings hab ich sie auch irgendwie verachtet. Weil sie so schwach war und so duckmäuserisch. Die hat sich nie getraut, für ihre Kinder einzustehen.«

»Ihre Kinder?«

»Ja, sie hat noch 'n Jungen bekommen, viele Jahre später, 'n Nachzügler. Jedenfalls haben der Kalle und die Klara sich gebärdet wie Tiere, als Ilvy starb. Aber als sie noch lebte, hat der eine auf sie eingeprügelt und die andere weggesehen. Das einzig Tröstliche an Ilvys Tod war, dass Anna wieder nach Hause kam.«

Die Tränen fließen nun und Lisbeth wischt sich mit dem Ärmel ihres Saris über das Gesicht.

Sophie legt ihr sanft die Hand auf den Unterarm.

»Aber es war schwierig, nicht wahr?«

»Ja«, schnieft Lisbeth. »Sie war zurück, aber nicht frei. Sie hatte einen neuen Störenfried in ihrem Kopf. Die Angst. Nach Ilvys Tod wurde die übermächtig. Sie hat ihr Leben bestimmt, jede einzelne Minute.«

»Wovor hatte sie Angst?«

»Vor allem . . . am Tag vor der Nacht, und in der Nacht vor dem nächsten Morgen. Sie sagte immer, sie hätte 'nen verdammten Kraken in ihrem Kopf. Und in seinen Fängen fühlte sie sich oft tagelang wie gelähmt.«

»Bekam sie Hilfe?«

»Sie meinen, 'ne Therapie?«

»Ja.«

»Mhm, hatte sie. Zweimal die Woche. Ohne die wär's noch schlimmer gewesen.«

»Aber mit Ihnen hat sie auch über ihre Ängste gesprochen?«

»Ja, manchmal. Wenn es besonders schlimm war . . .

es gab Tage, da fürchtete sie sich vor ihrem eigenen Schatten.«

»Und vor jemandem?«

»Wie meinen Sie das?«

»Gab es eine bestimmte Person, vor der Ihre Tochter Angst hatte?«

»Nein . . . nicht, dass ich wüsste. Sie können das offenbar nicht richtig einordnen. Anna hat sich vor niemandem Bestimmten gefürchtet, sie hatte eine unbestimmte Angst in sich, die ihr Leben dominierte – grundlos, verstehen Sie?«

Sophie legt den Kopf schief und sieht ihr Gegenüber nachdenklich an. »Wissen Sie das ganz sicher? Denken Sie bitte noch mal nach, ob es nicht doch einen Menschen in Annas Leben gab, vor dem sie Angst hatte? Und diese Angst war vielleicht nicht so grundlos, wie Sie denken, denn irgendjemand hat sie letzte Nacht mit voller Absicht erschlagen.«

8

Hauptkommissar Rüdiger Thomsen betritt die Küche im Haus der Familie Mertens und mustert die dort anwesenden Personen, die ihn mit großen Augen anstarren. Der langhaarige Freund des Opfers und eine wohlbeleibte Nachbarin, die mit einer seltsamen Frisur auffällt, sitzen mit verstörtem Gesichtsausdruck Kommissar Hinrichs am Tisch gegenüber. Die beiden waren ihm schon bei seinem Eintreffen am Tatort vorgestellt worden, aber ihm war es wichtiger gewesen, sich zuerst ein Bild von der Leiche und dem Tatort zu machen.

»Wo ist der Rest des Teams?«

»Sophie befragt die Mutter und Svenja die weiteren Nachbarn«, erwidert Jasper eifrig. Der junge Mann mit den feinen Gesichtszügen und den langen dunklen Locken erhebt sich zur Begrüßung.

»Yannick Koopmann. Ich bin Annas Freund.«

»Freund oder Lebensgefährte?«, will Thomsen sofort wissen.

»Leider nur Freund«, murmelt Koopmann. »Ich wäre gerne mit Anna zusammengezogen, aber sie war noch nicht so weit.«

»Hm«, brummt Thomsen. Viel interessanter als die Antwort des trauernden Geliebten findet er das Mienenspiel der dicken Nachbarin, das er gerade beobachten durfte. Sein halbes Segelboot würde er drauf verwetten, dass jene keine einzige Minute Bedenkzeit benötigen würde, sollte sie einmal gefragt werden.

»Und Sie sind?«

»Elsa Schröder.«

Thomsen zieht ein Aufnahmegerät aus der Jackentasche, stellt es demonstrativ auf den Tisch und wendet sich wieder dem Freund des Opfers zu.

»Nun denn, dann erzählen Sie mal vom gestrigen Abend.«

»Ja, äh, ich ging schon am frühen Abend zu ihr rüber, so um siebzehn Uhr, ich wollte mit ihr reden, also ich konnte mich gar nicht auf meine Arbeit konzentrieren . . .«

»Was arbeiten Sie denn?«, hakt Thomsen nach.

»Ich bin Maler. Kunstmaler.«

»Und ein sehr begabter noch dazu«, fügt die Nachbarin voller Stolz hinzu.

»Nun ja, mein Spezialgebiet ist die abstrakte Malerei.«

»Drei Punkte, vier Striche, zwei Kleckse?« Thomsen hebt die Brauen, während er auf eine Reaktion wartet. Doch bloß im rundlichen Gesicht der Nachbarin zeigt sich Empörung. Yannick Koopmann übergeht die wenig schmeichelnde Bemerkung völlig.

»Ich hab mein Atelier im Haus gegenüber«, führt er weiter aus. »So haben wir uns kennengelernt. Als ich eingezogen bin, wohnte Lisbeth ganz allein hier. Doch dann kam Anna von ihrer Reha zurück . . . das hat mein

Leben völlig verändert.«

»Hm . . .«, brummt Thomsen, während er weiterhin das aufschlussreiche Mienenspiel in Elsa Schröders rundem Gesicht beobachtet.

»Und gestern Abend?«, kommt er wieder auf den Punkt zurück, der ihn am meisten interessiert.

»Ja, wie gesagt, ich kam am frühen Abend, so um fünf. Anna arbeitete nicht. Sie war . . . sie hatte wieder eine dieser Phasen . . .«

Er verstummt und sieht hilflos zu Boden.

»Was für eine Phase?«

»Ich weiß nicht, wie die heißen, aber manchmal hat sie die verrücktesten Dinge getan, um der Realität zu entfliehen.«

»Wie soll ich mir das vorstellen?«

»Nun, gestern zum Beispiel hatte sie den großen Tisch im Atelier gedeckt und jedem Gast eingeschenkt. Sie hat dabei alle Gäste erfunden, und diese imaginären Gäste saßen dann bei ihr am Tisch.«

»So wie bei *Dinner for One*?«, fragt Jasper entgeistert.

»Ja, bloß, dass sie ganz allein war. Ich fragte, was los sei und sie sagte, sie würde mit ihren Freunden feiern. Den toten und den lebenden.«

»Hat sie das öfter gemacht?«, will Thomsen wissen.

»Das weiß ich nicht, ich habe es das erste Mal mitbekommen. Es war irgendwie gruselig, und es hat mich schrecklich traurig gemacht.«

»Warum traurig?«

»Der Anlass der *feierlichen Zusammenkunft* war wohl, dass sie unser Baby abgetrieben hat. Sie wollte es nicht, es war ihr zu viel Verantwortung. Und so feierte sie mit all ihren imaginären Freunden ein Befreiungsfest . . . irgendwas in der Art jedenfalls.«

»Und Sie, was haben Sie gemacht?«

»Ich habe versucht, mit ihr zu reden, wollte zu ihr durchdringen. Zwei Stunden lang oder sogar drei hab ich das mitangesehen, dann bin ich gegangen.«

»Das kann ich bezeugen«, erklärt Elsa mit leuchtend roten Backen. »Ich habe Yannick um ungefähr neun Uhr heimkommen sehen, und bin auf einen Drink zu ihm hinübergegangen. Bei Anna drüben brannte noch Licht.«

»Warum?«

»Keine Ahnung. Warum lassen Menschen Licht brennen? Sie wird es wohl gebraucht haben . . .«

»Ich meinte, warum sind Sie um neun Uhr abends zu Herrn Koopmann hinübergegangen?«, präzisiert Thomsen kopfschüttelnd.

Daraufhin färben sich die Backen der jungen Frau knallrot.

»Ja, auf 'n Bierchen eben. Braucht man dafür 'n Grund?«

»Waren Sie eifersüchtig auf Anna Mertens?«

»Ich? Aber warum denn ich?«

Thomsen verengt seine Augen zu Schlitzen. »Nun, mir scheint, sie verbringen sehr gerne Zeit mit Herrn Koopmann.«

»Quatsch. Ja, natürlich, aber ganz harmlos. Immer wieder mal 'n kleines Schwätzchen unter Nachbarn.«

»Und wie lange hat das Schwätzchen gedauert?«

Sie sieht fragend zu Koopmann hinüber. Doch der reagiert nicht.

»Äh, das . . . nun ja, dauerte dann doch länger.«

»Wie lange?«

»Nun . . . äh . . . Mitternacht, denke ich.«

»Soso . . . und was machen Sie beruflich?«

»Ich bin Kunstschweißerin.«

»Kunstschweißerin.« Thomsen legt den Kopf schief. Die mollige junge Frau mit den abstehenden Zöpfen ist augenblicklich in seiner Achtung gestiegen. Menschen, die mit Schweißgeräten umgehen können, hat er immer schon bewundert.

* * *

»Das war ein laaaaanger Samstag«, fasst Sophie zusammen, als sie mit ihren Kollegen auf dem Rückweg ins Büro ist.

»Ja, und der Rüde hängt noch mal 'ne Stunde dran. Um sich die Kunstwerke der dicken Schweißerin anzusehen«, wundert sich Svenja, die das Steuer übernommen hat.

»So viel Arbeitseifer ist in der Tat ein wenig ungewöhnlich«, schlägt Jasper in dieselbe Kerbe.

»Kein Wort davon zu Maike«, verlangt Sophie, der Thomsens Hang zu Frauen mit üppigen Kurven bekannt ist, »sonst hängt im Hause Thomsen der Haussegen schief und wir dürfen es ausbaden. Was haben die Nachbarn erzählt?«

»'Ne Menge. Alle dort sind sehr gesprächig, das ist 'ne richtige kleine Künstlerkolonie«, berichtet Svenja. »Ich hab noch 'n Maler und 'n Sammler angetroffen, und eine Poetin.«

»Eine Poetin?«, wiederholt Jasper verdutzt.

»Das ist 'ne Frau, die Gedichte schreibt . . .«

»Das weiß ich, ich frag bloß, weil vor dem Haus der Mertens auch eine herumstand. Die hat mich angesprochen . . .«

»Was hat sie denn gesagt?«, fragt Sophie.

»Nichts Bestimmtes. Ich hatte den Eindruck, sie war bloß neugierig und suchte Kontakt. Sie ist mir im Gedächtnis geblieben, weil sie sich als Poetin vorstellte. Und ich habe noch nie eine Dichterin persönlich kennengelernt.«

»Geht mir auch so«, erwidert Sophie. »Kann man vom Dichten überhaupt leben?

»Das glaube ich nicht«, tut Svenja ihre Meinung kund. »Wenn du mich fragst, lebt dort keiner von dem, was er fabriziert. Die lassen sich ihr Hobby von Hartz IV finanzieren.«

»Das klingt jetzt aber abwertend«, meint Jasper. »Der Yannick hat mir ein paar von seinen Bildern gezeigt und Fotos von Annas Skulpturen. Da waren klasse Stücke dabei.«

»Okay, wenn du meinst«, lenkt Svenja ein. »Aber der Sammler ist definitiv ein Sorgenkind. Er hat bloß so 'ne Art Schlafplatz zwischen all dem angehäuften Gerümpel. Egal, wenn ihr mich fragt, hat jeder dort irgendwie ein Rad ab. Das müssen wir morgen Früh mal in aller Ruhe durchkauen.«

»Unbedingt«, stimmt Jasper mit ein. »Apropos kauen, ich soll von der Mutti ausrichten, ihr sollt nicht vergessen, dass ihr morgen eingeladen seid. Ihr wisst schon, das jährliche Barbecue zum Saisonschluss.«

»Klar doch«, lacht Svenja. »Denkst du, wir wollen die Party des Jahres verpassen?«

9

Die stechenden Schmerzen durchbohren seinen Kopf wie glühende Eisenstangen. Gefangen in völliger Dunkelheit spürt er die Hilflosigkeit bis in die Knochen. Er will nach seiner Stirn tasten, doch seine Hände gehorchen ihm nicht.

In der alles durchdringenden Schwärze kann er nicht sehen, was mit seinen Händen los ist. Er kann es auch nicht fühlen, weil überall in ihm bloß Schmerz ist. In seinem Kopf, in seinen Händen, in seinen Beinen.

Die Kälte kriecht ihm unter die Haut. Und nirgendwo ist der kleinste Funken Licht.

Er versucht zu schreien, doch aus seinem Mund will kein Laut kommen.

Sein Kiefer steckt irgendwie fest, und er bekommt kaum Luft.

Atmen.

Bloß einen Atemzug.

Und den nächsten.

So gut er kann, versucht er sich darauf zu konzentrieren. Doch die Schmerzen werden plötzlich so heftig, dass er das mit dem Ein- und Ausatmen nicht mehr richtig hinbekommt...

*Angst steigert die Irritation Irritierter
und die Verwirrung Verwirrter*

Manfred Hinrich

SONNTAG

10

»Mensch, Bärchen, so 'n Überfall aufs eigene Heim ist echt das Schlimmste, was man sich vorstellen kann.«

Maike gießt heißen Tee aus der Kanne in die hübsch verzierten Keramikpötte und stellt einen Teller mit Heißwecken daneben.

»Kein Kaffee?« Thomsen mustert den Tee mit zusammengekniffenen Brauen.

»Den kippste ohnehin literweise im Büro«, gibt sie zurück und setzt sich zu ihm an den Tisch.

»Auch wahr.«

»Denk dir bloß, wenn jemand in der Nacht unsere Terrassentür einschlägt und ich dann nachgucken gehe, was für 'n Krach das war und plötzlich attackiert mich ein völlig Fremder! Im eigenen Haus.« Die Empörung schießt Maike aus allen Poren.

»Dann hast du doch immer noch mich, ich würde dir doch sofort zu Hilfe kommen«, gibt Thomsen sich Mühe, seine Frau zu besänftigen.

»Das weiß ich doch, Bärchen, nur dieses arme Mädchen . . . sie hatte keinen Hauptkommissar bei sich zu Hause. Sie war allein. Ganz allein mit ihrem Mörder.«

»Du hast heute aber einen Drang zur Theatralik«, brummt Thomsen. Hoffentlich gibt sich das wieder, denkt er für sich, sonst schaukelt sich das bei Ella Hinrichs Barbecue heute Abend so richtig hoch.

»Haben wir schon ein Geschenk?«, fragt er laut, um seine Liebste auf andere Gedanken zu bringen.

»Klar doch. Wir haben uns an einer Ballonfahrt beteiligt.«

»An einer Ballonfahrt?«

»Mhm.« Maike beißt kräftig von ihrem Heißwecken ab, sodass er die restliche Erklärung kaum noch verstehen kann. Bloß etwas mit *immer schon* und *Herzenswunsch* kann er sich zusammenreimen.

»Jetzt, wo ihr heiß ersehntes Enkelkind jeden Moment kommt?«, hakt er nach.

»Nee . . .« Maike nimmt einen großen Schluck Tee. »Ist bloß 'n Gutschein. Kann sie dann im Frühling oder Sommer einlösen. Bei den derzeitigen Temperaturen ist das ohnehin kein Spaß.«

»Bei dem Sturm auch nicht«, meint Thomsen. Wie zur Bestätigung kracht ein Ast auf die Terrasse und ein Gartenstuhl kippt um.

»Ein scheußliches Wetter. Bin ich froh, dass ich heute nicht rausmuss«, stellt Maike fest und schüttelt sich schon bei dem Gedanken daran, bloß ein Bein vor die Tür zu setzen.

»Ja.« Thomsen schiebt den Rest seines Heißweckens in den Mund und spült mit Tee nach. »Geht mir genauso. Bloß, dass ich diesen Fall an der Backe habe.«

»Mein armes Bärchen.« Sie streicht ihm sanft übers Haar.

»Moment«, ruft sie plötzlich, als er schon halb zur Tür hinaus ist. »Du musst mir noch kurz helfen.«

Ohne jede Vorwarnung streckt sie ihm zwei Kleider entgegen. Ein rotes und ein schwarzes.

»Was meinst du, welches soll ich heute Abend tragen?«

Oh nein! Bloß das nicht. Das ist keine Frage, das ist eine Falle. Da ist er letztes Mal schon hineingetappt. Wenn er sagt, *nimm das rote,* dann sagt sie, *das schwarze gefällt dir nicht?* Und vice versa. Wie soll er bloß heil aus dieser Nummer rauskommen?

»Äh, die sind beide schön«, tastet er sich ran.

»Das weiß ich, sonst hätte ich sie gar nicht erst gekauft. Aber welches passt besser heute Abend?«

Mist. Und jetzt?

»Das rote?« Er setzt sein liebstes Lächeln auf.

»Dachte ich auch.« Maike nickt und hält es sich zufrieden vor die Brust.

Puhhh . . . Schwein gehabt heute. Thomsen schlüpft in seine Schuhe und winkt noch schnell zum Abschied.

Maike winkt verträumt zurück.

»Warte«, ruft sie plötzlich und läuft ihm hinterher.

Zu früh gefreut.

»Das schwarze steht dir auch toll!«

»Danke. Aber ohne Kuss kommst du mir nicht davon.«

11

Hauptkommissar Rüdiger Thomsen genießt es, als letzter im Büro anzukommen. Denn das bedeutet, er muss auf niemanden warten und wird mit Kaffeeduft begrüßt.

»Moin Rüde.«

Svenja streckt ihm eine Tasse mit heißem Kaffee entgegen, kaum, dass er sich mit einer Pobacke auf ihrem Schreibtisch niedergelassen hat.

»Moin, meine Liebe«, flötet er gut gelaunt. »Wo ist die Meerkätzin?«

»Sie telefoniert.«

»In ihrem Büro? Bei geschlossener Tür?«

»Ja. Hier hört man die Spülung.« Svenja verzieht das Gesicht.

»Jasper?«, rät Thomsen.

»Ja, er verbringt schon 'ne halbe Stunde auf dem Örtchen. Hat sich wohl was eingefangen.« Zur Verdeutlichung hält sie sich die Nase zu. »Scheint ein Magen-Darm-Virus zu sein.«

»Also insgesamt alles so, wie man sich einen gelungenen Sonntagmorgen vorstellt«, scherzt er. »In fünf Minuten Besprechung bei mir im Büro.«

* * *

Sophie stellt eine Packung Friesenkekse auf den Besprechungstisch, bevor sie sich neben Svenja niederlässt.

»Es tut dir gut, ein Stiefkind zu haben«, lobt Thomsen und greift beherzt zu, »du wirst richtig mütterlich.«

Anstelle einer Antwort verdreht sie bloß die Augen und kippt ihren Kaffee hinunter.

»Ich schlage vor, wir warten nicht auf Jasper«, erklärt Thomsen mit vollem Mund. »Svenja, fass doch bitte mal für uns zusammen, was wir schon haben«,

»Klar.« Sie begibt sich ans Whiteboard, das sie bereits vorbereitet hat. In der Mitte prangt ein Porträt der Toten, das jene in einer Phase ihres Lebens zeigt, in der es ihr besser ging. Die Haut war rosig, die Haare samtig glänzend und ihre hellblauen Augen leuchteten. »Sie war einmal so ein hübsches junges Mädchen, das sein ganzes Leben noch vor sich hatte. Und plötzlich ist sie bloß noch unser Mordopfer.«

Thomsen seufzt. Warum sind heute alle Frauen so theatralisch? Ob es am Sturm liegt, dessen Heulen durch alle Mauern dringt?

»Verdächtige?«, fragt er betont sachlich.

»Aus dem familiären Umfeld des Opfers haben wir Yannick Koopmann, Annas Freund. Vater der Toten ist uns keiner bekannt und auch kein Ehemann oder Lebensgefährte der Mutter. Lisbeth Mertens hat jedoch eine amouröse Internetbekanntschaft, einen gewissen

Ghulam Bakhash aus . . .«

»Indien?« Thomsen grinst.

»Wie kommst du jetzt da drauf?«

»Nun, sein Name und die Tatsache, dass Frau Mertens gestern einen Sari trug, machen in Summe schon zwei klitzekleine Hinweise.«

»Ach.« Svenja blickt auf ihre Aufzeichnungen. »Nee, der Typ ist aus Hamburg.«

»Tja, dann check mal, woher er ursprünglich kommt«, erwidert Thomsen und nimmt sich einen weiteren Keks.

»So oder so hat er nichts mit der Sache zu tun«, stellt sie energisch klar. »Die beiden haben sich über eine Partnerschaftsannonce im Internet kennengelernt und nun besucht sie ihn seit einem halben Jahr regelmäßig in Hamburg. Er war aber noch nie bei ihr Zuhause.«

»Aha«. Thomsen blickt auf und mustert Jasper, der ein wenig blass um die Nase ist und sich wortlos an den Besprechungstisch setzt. »Nachdem wir nun vollzählig sind, darf ich von meinem Freund Aiko ausrichten, dass die Tote keinerlei weiteren Verletzungen aufweist.«

»Auch nicht . . .«, beginnt Sophie.

»Nein. Nichts. Keine blauen Flecken und auch keine Hinweise auf eine Vergewaltigung. Seiner Meinung nach passt auch die angenommene Todeszeit, aufgrund der kaputten Uhr, mit dem Erscheinungsbild der Leiche zusammen.«

»Hm . . .«, macht Sophie und ihr Gesichtsausdruck zeigt deutliche Skepsis. Wie jedes Mal, wenn eine Information von Dr. Emmermann kommt.

»Also bleibt es dabei«, fasst Svenja zusammen, »sie wurde ins Gesicht geschlagen und dann – tödlich – mit einer Art Tonkrug auf den Hinterkopf.«

»Schlimm genug«, kommentiert Sophie. »Gibt es schon eine Rückmeldung seitens der SpuSi, wie groß und schwer dieser Krug war?«

»Ich werde dem mal nachgehen«, verspricht Jasper. »Yannick Koopmann hat mir bereits einige Fotos von Annas Vasen und Skulpturen geschickt. Vielleicht können wir damit die Mordwaffe identifizieren.«

»Dieser Mord ist eine scheußliche Sache«, sagt Svenja plötzlich. »Dass jemand dich in deinem eigenen Haus überfällt, deine Terrassentür einschlägt und . . .«

»Nicht du auch noch«, stöhnt Thomsen. »Das ist nun mal das Wesen eines Einbruchs . . .«

»Seid ihr euch sicher, dass es ein Einbruch war?«, geht Sophie dazwischen.

Thomsen schaut verdutzt auf. »Schon. Der Boden war voller Glassplitter und der Großteil davon lag innen. Also wurde die Scheibe von außen eingeschlagen. Der Täter hat sich über die Terrasse gewaltsam Zugang verschafft. So viel steht fest«.

»Oder er legte es darauf an, dass es so aussieht«, meint Sophie. »Es ist nicht besonders schwierig, nach einem Mord eine Glasscheibe einzuschlagen.«

»Da könnte was dran sein«, stimmt Svenja zu, »alles andere wurde ja auch zerschlagen. Wenn ich dich richtig verstehe, sollten wir uns den Freund des Opfers genauer ansehen?«

»Ganz genau.« Sophie nickt. »Weil der nämlich echt ein Motiv hat.«

»Das stimmt allerdings«, bringt sich nun Jasper ein. »Immerhin hat diese Anna sein Kind abgetrieben.«

»Sie hat *ihr* Kind abgetrieben«, macht Svenja deutlich. »Ob es von ihm war, können wir gar nicht sagen.«

»Genau genommen können wir auch alle anderen Aussagen bloß glauben oder nicht. Bevor die Leiche nicht autopsiert wurde, wissen wir nicht einmal mit Sicherheit, ob sie überhaupt schwanger war«, gibt Sophie zu bedenken.

»Warum sollte er uns anlügen?«, will Jasper wissen.

»Warum nicht? Die meisten lügen uns an.«

»Aber in diesem Fall belastet er sich damit.«

»Das kommt vor. Wir haben es nicht immer mit Intelligenzbestien zu tun«, erwidert Sophie. »Mitunter verhalten sich Täter oder Zeugen dämlich und zwar grundlos. Es muss uns bewusst sein, dass wir derzeit bloß ungeprüfte Aussagen von mehr oder weniger verdächtigen Personen haben.«

»Soll heißen?« Thomsen schiebt sich einen weiteren Keks in den Mund.

»Dass wir alles genauestens überprüfen sollten. Sämtliche Aussagen aller bereits bekannten Beteiligten. Und außerdem sollten wir möglichst rasch mit Dr. Keilstrand sprechen.«

»Keil ... wer?« Thomsen runzelt die Augenbrauen.

»Keilstrand. Ihr Psychotherapeut. Annas Mutter gab mir seine Nummer. Ich habe vorhin mit ihm telefoniert und er war erschüttert vom plötzlichen Ableben seiner Patientin. Er befindet sich derzeit auf einem Kongress in Stockholm, wird aber noch heute Abend seinen Rückflug antreten.«

»Weil seine Patientin ermordet wurde?« Svenja ist sichtlich überrascht von so viel beruflicher Hingabe.

»Nein, weil der Kongress zu Ende ist.«

»Aha.« Thomsen greift nach dem letzten Keks, aber Jasper ist schneller.

»Solltest du nicht besser fasten?«

»Ja, vielleicht.« Mit einem beschämten Hundeblick legt er den Keks wieder zurück.

»Auf jeden Fall sollten wir die Zeit nutzen und alle Beteiligten auf Herz und Nieren prüfen«, setzt Sophie fort.

»Seh ich auch so«, stimmt ihr Chef mit vollem Mund zu. »Dann machen wir mal 'nen Plan. Meerkatz, mit wem möchtest du sprechen?«

»Vielleicht sollten wir heute Rollen tauschen? Ich habe gestern lang mit Lisbeth Mertens gesprochen und denke, es wäre gut, wenn du sie heute ein wenig in die Mangel nimmst. Sie ist enorm erschüttert, aber trotzdem hatte ich das Gefühl, sie verschweigt mir etwas.«

»Gut, dann nimmst du dir den Freund des Opfers und die mollige Schweißerin vor. Letztere macht übrigens tolle Sachen, ich denke nicht, dass sie auf Hartz IV angewiesen ist.«

»Ich hake bei der KTU nach, ob wir Annas Handy schon bekommen können«, erklärt Jasper. »Ihre Korrespondenzen sind vielleicht sehr aufschlussreich.«

»Könnte ich den Inder vernehmen?«, meldet sich Svenja und ihre Augen funkeln.

»Welchen Inder?«

»Nun, den Ghulam Bakhash aus Hamburg.«

»Ah, gut mitgedacht«, lobt Thomsen. »Ruf ihn an, er soll schnellstmöglich herkommen.«

»So meinte ich das nicht. Ich wollte hinfahren, dann könnte ich heute noch mit ihm sprechen.«

»Dort sind wir nicht zuständig.«

»Ich weiß, aber eine nette Unterhaltung am Sonntag zwecks kulturellem Austauschs ist auch nicht verboten.«

»Dann verpasst du aber das Barbecue«, lässt Thomsen sich erweichen.

»Keine Sorge, bis dahin bin ich längst zurück.«

* * *

»Ich weiß, warum du nach Hamburg willst«, lästert Sophie, als sie Svenja allein an der Kaffeemaschine vorfindet.

»Ich auch«, brummt Thomsen, der hinter ihnen auftaucht und sich ungeniert vordrängt.

»Sogar ich weiß, warum du nach Hamburg willst«, meint Jasper, der als letzter hereinkommt und mit verschränkten Armen im Türrahmen stehenbleibt.

»Okay, okay, ich hab ein Liebesleben. Was spricht dagegen, das Nützliche mit dem Angenehmen zu verbinden?«

»Nichts«, meint Thomsen und verlässt grinsend die Küche.

Svenja nimmt ihre volle Tasse und folgt ihm. Als sie das Telefon auf ihrem Schreibtisch klingeln hört, beschleunigt sie ihre Schritte.

»Kommissarin Tades, ja? Aha. Ihr Name? Ja, gut. Sind Sie heute zu Hause? In Ordnung, wir werden es einrichten.«

Svenja legt auf und sieht Jasper an. »Ist dir eine gewisse Dörte Busch bekannt?«

»Hm, ja, das ist die Poetin, die mich gestern vor dem Haus der Mertens angesprochen hat. Ich hab schon von ihr erzählt. Weißt du noch?«

»Ach die.« Svenja beginnt zu grinsen. »Sie meinte, sie hätte dir etwas mitzuteilen. Vielleicht tut sie das ja in Versen? *Hör'n Sie zu Herr Kommissar, ich weiß wer der Mörder war!*« Sie kichert nun so belustigt, dass Sophie nichts anderes übrigbleibt als mitzulachen.

»Lustig«, murrt Jasper. »Dann übernehme ich das, in Ordnung, Chef?«

»*Nimm zusammen deinen Mut, und mach deine Sache gut*«, packt Thomsen ebenfalls seine Reimkünste aus und grinst von einem Ohr bis zum anderen.

»Mann, Chef, nicht du auch noch . . .«, beschwert sich Jasper. Doch mit einem Mal verkrampft sich sein Gesicht und er eilt Richtung Toilette.

Thomsen sieht ihm kopfschüttelnd hinterher.

»Tja. Alle anderen können dann mal los.«

12

Es ist Elsa Schröder, die Yannick Koopmanns Tür öffnet.

Sophie setzt ein bezauberndes Lächeln auf.

»Sie wohnen jetzt hier?«

Die ohnehin schon roten Bäckchen der übergewichtigen Schweißerin treten noch ein wenig kräftiger hervor.

»Nein, äh, ich habe nur kurz nach Yannick gesehen.«

Und mächtig aufgetischt, denkt Sophie, als ihr Blick auf den Küchentisch fällt. Davon würde eine Fußballmannschaft satt werden.

Koopmann selbst scheint sich nicht die Bohne dafür zu interessieren. Jedenfalls ist er in der Küche nicht anzutreffen.

Sophie geht den Gang entlang, bis sie ihn in seinem Atelier entdeckt. Verloren hockt er dort zwischen all seinen Bildern. Sie betrachtet die großen Leinwände interessiert. Ihr Chef hatte schon recht mit zwei Punkte, zwei Striche, zwei Kleckse, aber das muss man auch mal harmonisch hinbekommen. Sowohl von den Farben her, als auch von der Positionierung, der Größe der Elemente und so weiter. Sophie muss sich eingestehen, dass diese Bilder eine gewisse Kraft ausstrahlen. Eine positive Kraft.

»Moin, Herr Koopmann.«

Sie streckt dem Maler ihre Hand entgegen.

Er steht irritiert auf. Vermutlich kann er sich nicht erklären, wo sie so plötzlich herkommt.

»Frau Schröder hat mich hereingelassen.«

»Ach.«

»Ja.« Sophie sieht sich demonstrativ um. »Ich finde, Sie haben Talent«.

»Danke. Hark sagt immer, ich kleckse bloß rum.«

»Wer ist Hark?«

»Ein Nachbar.« Elsa war Sophie gefolgt und im Türrahmen stehen geblieben. »Er ist ein Arsch. Bildet sich was drauf ein, dass er Porträts malt.«

»Sieh an«, meint Sophie. »'Ne Menge Konkurrenz hier.«

»Klar, das ist ja auch 'n Nest hier. Außer Künstler nur Künstler.«

»Ausgenommen Emil. Der ist bloß ein Messie«, ergänzt Elsa.

»Sammler«, korrigiert Yannick. »Sei nicht so fies, Elsa.«

»Tja.« Sie stemmt die Hände in ihre speckigen Hüften. »Ich geh dann mal. Wenn Sie was brauchen, Frau Kommissarin, finden Sie mich nebenan.«

»Ich komm darauf zurück.«

»Wollen wir in die Küche gehen?«, fragt Sophie, nachdem sie mit dem Freund des Opfers allein ist.

»Nee, wenn ich das ganze Essen seh, dreht sich mir der Magen um. Elsa meint es ja gut, und sie hat auch recht, dass ich etwas essen muss, aber ehrlich, ich kann das gerade nicht . . .« Er sieht sich um und holt einen weiteren Stuhl für Sophie, den er gegenüber von seinem aufstellt. Mit einer Geste bietet er ihr an, Platz zu nehmen.

»Ich kann es immer noch nicht fassen«, sagt er traurig, als sie einander gegenübersitzen.

»Dass Anna tot ist?«

»Ja. Das ist so surreal. Unwirklich. Das passt nicht mit der Realität zusammen. Sehen Sie die Sonne? Ihre Strahlen erleuchten alles wie magisch und die leuchtenden fröhlichen Farben tun mir auf der Seele weh. Ich vermisse die Düsternis, die zu diesem Schmerz gehört . . . und die Kälte.«

»Sie haben sich Freitagabend im Streit getrennt?«, fragt Sophie ganz prosaisch.

»Ja.«

»Wegen der Abtreibung?«

»Ja.«

»Sie waren wütend?«

»Ja. Es ist doch auch mein Kind gewesen. Sie hat alles allein entschieden, ohne mit mir darüber zu reden.«

»Dann wussten Sie gar nicht, dass sie schwanger war?«

»Doch. Ich hab den Test im Müll gefunden.«

»Sie hat es Ihnen nicht gesagt?«

Er schüttelt traurig den Kopf.

»Sie wollte auch nicht mit mir darüber reden.«

»Warum nicht?«

»Sie meinte, das müsste sie jetzt mit sich selbst und ihrem Körper ausmachen.«

»Wie haben Sie darauf reagiert?«

»Ich wollte trotzdem mit ihr reden. Aber sie machte es mir nicht leicht.«

Sophie legt den Kopf schief und beobachtet ihren Verdächtigen nun ganz genau.

»Nehmen Sie mir die nächste Frage nicht übel, aber sind Sie sicher, dass Anna *von Ihnen* schwanger war?«

»Äh . . . ja, also ich . . . nun, ich dachte . . .«

»Wissen Sie vielleicht von einem weiteren möglichen Sexpartner?«

»Sexpartner?« Yannick starrt nun wie paralysiert durch sie hindurch.

Sophie formuliert die Frage um. »Hatte Anna vielleicht auch was mit jemand anderem?«

»Nein, wieso? Mit wem denn? Ich weiß nicht, bisher dachte ich . . .«

»Fällt Ihnen jemand ein, der infrage kommen würde?«

»Nein, natürlich nicht.« Der Maler fährt sich mit seinen Fingern durch die dichten Locken. »Jetzt sind meine Gedanken völlig durcheinander und ich kann gar nicht mehr denken . . .«

»Wie sah denn Annas Alltag aus?«, wechselt Sophie das Thema. »Was hat sie denn die ganze Woche so gemacht?«

»Sie war fast immer zu Hause, bloß wenn sie Therapie hatte, dann nicht. Und wenn sie ihre Skulpturen ausgeliefert hat, dann auch nicht. Aber manchmal fuhr ihre Mutter für sie, wegen ihrer Panikattacken. Also die meiste Zeit war sie zu Hause.«

»Und sonst? Hobbys?«

»Hobbys? Nein, so ein Mensch war Anna nicht, die ging nie aus. Machte auch keinen Sport. Sie hatte Probleme . . . mit sich selbst . . . es war nicht leicht . . .«

Yannick lässt nun den Kopf hängen und die Arme baumeln.

Sophie mustert ihn ausgiebig. Er wirkt authentisch in seinem Kummer, abgesehen davon hat er ein Alibi. Allerdings von Elsa Schröder, die augenscheinlich sein größter Fan ist. Aber wenn er es nicht war, wer wars dann? Sein Konkurrent Hark? Oder Emil, der Messie? Oder ein völlig Fremder?

Sophie steht auf. Es ist an der Zeit, die anderen Männer in Annas Umfeld kennenzulernen.

13

Hauptkommissar Rüdiger Thomsen muss sich bereits bei der ersten Frage eingestehen, dass Lisbeth Mertens heute nicht vernehmungsfähig ist.

Offenbar hat sie ihren Verlust letzte Nacht in Alkohol ertränkt, der immer noch nachwirkt. Jedenfalls schaut sie ihn mit glasigen Augen an und ihre Stimme hat einen starken Schlag. Sie trägt noch denselben Sari wie gestern und nichts von dem, was sie sagt, ergibt einen Sinn. Trotzdem hat er in ihrer Küche Platz genommen. So ein Vollrausch ist auch eine Chance. Vielleicht verrät sie ihm etwas, das sie nüchtern für sich behalten würde.

»Denken Sie bitte mal nach. Ist Ihnen an Ihrer Tochter etwas aufgefallen? Freitagmorgens vielleicht? Bevor Sie nach Hamburg gefahren sind?«

»Annas Aura war verändert, ich konnte sehen, dass sie stärker geworden war . . .«

»Aha. Mhm. Und als Sie heimkamen, haben Sie da vielleicht etwas bemerkt? Etwas, das anders war, oder ungewöhnlich?«

»Der Tod war bereits satt«, lallt Lisbeth und dreht sich im Kreis.

»Wie bitte?«

»Er hatte genug. Die Dicke konnte ich retten. Ihr Tod war nicht wichtig genug.«

»Ich verstehe nicht . . .«

»Wie denn auch? Manches kann man nicht verstehen . . .« Ihr Blick geht nun weit durchs Fenster hinaus und in ihrem Gesicht erkennt Thomsen eine Leere, die ihm unheimlich ist.

»Wovon sprechen Sie?«

Plötzlich wendet sie sich ihm wieder zu und ihr Blick ist so eindringlich, dass er sich abwendet.

»Man kann das Innerste eines Menschen nicht umdrehen, Herr Kommissar. Der Mensch selbst, er kann sich drehen. Drehen und winden. Die meisten winden sich. Wie ist das bei Ihnen, Herr Kommissar?«

»Äh . . .«

»Sehen Sie. Sie winden sich. Das ist das Übel. Keiner sagt mehr, was er sich denkt, in unserer verlogenen Gesellschaft. Da spalten wir uns alle auf, in ein Innen- und ein Außen-Ich. Verstehen Sie?«

»Äh . . .«

»Was aber nun, wenn das Innen-Ich mit dem Außen-Ich kollidiert?«

»Kollidiert?« Thomsen rauft sich das Haar.

»Clasht. Kracht. Aufeinanderprallt. Wie zwei Welten, die einander nicht verstehen. Das Herz und das Hirn, Herr Kommissar.«

»Ja, äh . . .«

»Genau deshalb hab ich zu Anna immer gesagt, bleib du selbst. Wer sich verdreht, verliert. So ist das, Herr Kommissar, man kann sich auch in sich selbst verlieren. Das ist der Anna passiert . . .«

Lisbeth schwankt nun beträchtlich und Thomsen

packt sie beherzt an den Schultern. Er bugsiert sie zu einem Stuhl in der Küche und kippt die halb volle Flasche Korn, die auf dem Tisch steht, in den Ausguss.

Besser, er geht jetzt und verschiebt ihre Vernehmung auf morgen.

Auf dem Weg hinaus ruft sie ihm hinterher.

»Herr Kommissar, gehen Sie nicht. Sie dürfen mich jetzt nicht allein lassen! Die Einsamkeit ist pures Gift für meine verletzte Seele...«

Thomsen geht dennoch. Er drückt die Haustür hinter sich zu und atmet die frische, kühle Morgenluft ein. Einer spontanen Eingebung folgend zieht er sein Handy aus der Tasche und wählt Svenjas Nummer.

Sie hebt sofort ab.

»Ja, Chef?«

»Hast du schon mit dem Inder gesprochen?«

»Nein. Ich bin mit dem Auto unterwegs, nicht mit dem Flugzeug. Ich brauch noch 'ne halbe Stunde.«

»Okay. Bitte ihn auf jeden Fall herzukommen, falls ihm an seiner Freundin etwas liegt. Die hat sich nämlich in ihrer Trauer volllaufen lassen.«

»Alles klar«, erwidert Svenja. »Ich melde mich.«

Lisbeth öffnet die Tür.

»Da sind Sie ja.«

Sie streckt ihre Arme nach Thomsen aus. »Das Schicksal hat Sie zu mir geführt. Dem kann man sich nicht widersetzen. Dem Schicksal. Es ist allmächtig. Kompromisslos. So wie das Herz, verstehen Sie, Herr Kommissar? Das Herz ist das kompromissloseste von allen. Das ist treu, aufrichtig und unerschrocken. Das Herz will, was das Herz will. Es steht immer für die Wahrheit. Das Hirn ist verlogen, vergiftet und krank von all den Lügen. Von den Lügen der anderen und den eigenen. Die eigenen Lügen sind die schlimmsten, weil man sie glauben will. Das zerstört die Seele, Herr Kommissar. Und eine kaputte Seele zerstört den Körper. Von innen, wie ein Krebs. Anna war so eine kaputte Seele . . . manche Seelen zerbrechen auf eine Art, dass sie Jahre für die Heilung brauchen.«

»Bei Anna war das so?«, versucht Thomsen sich auf Lisbeth einzulassen.

»Ja. Sie hätte Zeit gebraucht. So viel mehr Zeit. Zeit, die ihr jemand gestohlen hat. Ihr Kind hätte sie heilen können.«

»Ihr Kind? Anna hatte ein Kind?«

»Unter ihrem Herzen. Es hätte ihr Kraft gegeben, so wie sie mir Kraft gab, als sie noch ein Teil von mir war. Das Mysterium des Lebens, Herr Kommissar, eine Schwangerschaft ist ein energetischer Super-GAU. Manche Frauen wachsen über sich hinaus.«

»Äh . . .« Thomsen kratzt sich unschlüssig hinter dem Ohr. »Ich dachte, sie hat abgetrieben?«

Die Frau im Sari beginnt sich nun hin und her zu wiegen, wie zu einer Melodie, die niemand außer ihr hören kann.

»Sie dürfen nicht alles glauben, was man Ihnen sagt, Herr Kommissar . . .«

14

Als Lisbeth in einer ihm unverständlichen Sprache zu singen begann, beschloss er die Vernehmung endgültig als gescheitert zu betrachten und eine kurze Pause im *Süderhus* einzulegen. Die kleine Kneipe war ihm bei der Hinfahrt bereits aufgefallen.

Er lässt sich an einem freien Ecktisch nieder und bestellt ein kleines Pils.

»Sie sind von der Polizei, nicht wahr?«, fragt der Kellner, als er es serviert. »Geht es um den Mord an Anna?«

»Und wenn?«

»Der Alte mit den krausen Locken da drüben erzählt hier überall rum, dass es der Yannick war.«

»Ach. Hat er auch 'nen Namen?«

»Emil.«

»Dann sagen Sie dem Herrn mal, er soll seine Geschichte an meinem Tisch erzählen.«

Der Kellner tippt sich an die nicht vorhandene Mütze. »Wird gemacht.«

Tatsächlich kommt kurz darauf besagter Emil an den Tisch. Seine Fahne schwebt ihm voraus.

»Setzen Sie sich.« Thomsen macht eine einladende

Handbewegung.

»Moin Herr Kommissar.« Er bleibt vor Thomsen stehen und stützt sich mit beiden Armen auf den Tisch.

»Sie haben mir etwas zu sagen?«

»Wenn Sie zuhören.«

»Tu ich.«

»Sie müssen den Yannick verhaften.«

»Warum?«

»Warum?« Der Kraushaarige lacht laut auf. »Wer soll's denn sonst gewesen sein?«

»Jetzt mal langsam, der Herr Koopmann hat ein Alibi.«

»Ach? Von der Dicken, ja? Die würd noch die Hand für ihn ins Feuer legen, wenn sie ihm bei dem Mord zugesehen hätte.«

Thomsen ärgert sich über die Art und Weise, wie dieser ungepflegte Kerl seine Ermittlungen kritisiert. Trotzdem lässt er ihn weitersprechen.

»Ich sag Ihnen was, ich hab den gesehen, wie er die Dicke heimgeschickt hat und kaum war sie weg, ist er wieder rüber zu seiner Angebeteten, die nichts von ihm wissen wollte. Die Nase hat er sich platt gedrückt an ihrem Fenster.«

»Und warum wissen Sie das so genau?«

»Weil ich am Freitag auch hier war. Wie jeden Tag, und als ich heimging, da hab ich's gesehen.«

»Um wie viel Uhr soll das gewesen sein?«

»So um neun herum, oder um zehn. So genau weiß ich das auch nicht mehr.«

»Und wie viel hatten Sie getrunken an jenem Tag?«

»'Ne Menge.«

»Mhm.« Thomsen runzelt die Stirn.

»Wird die Wahrheit weniger wahr, bloß weil ich mir

ordentlich was hinter die Binde gekippt hatte?«

»Haben Sie gesehen, dass Koopmann zu Anna Mertens hineinging?«

»Nee, das nicht. Der stand bloß rum. Ich ging ja dann auch in mein Haus, da hab ich nichts mehr gesehen. Aber dass der reinwollte, das war klar.«

15

Jasper findet eine freie Parklücke vor Dörte Buschs Zuhause. Sie wohnt bloß eine Seitengasse vom Mordopfer entfernt. Ihr Häuschen ist deutlich kleiner als die umliegenden, aber ihr Garten ist ein echter Hingucker. An Bäumen und Sträuchern sind jede Menge Verzierungen angebracht. Bunte Bänder, glänzende Kugeln, klingende Windspiele.

Oh Mann, denkt Jasper, als er die glitzernde Pracht im Sonnenschein betrachtet. Das würde Billi auch gefallen, ob er für sie ein Foto machen sollte?

Er zieht sein Handy aus der Tasche und steckt es nach einem Schnappschuss wieder ein. Genau in dem Moment, als die Haustür geöffnet wird.

Die Frau, die nun vor ihm steht, sieht völlig verändert aus. Trug sie gestern noch Jeans und T-Shirt, sieht sie heute wie ein Feenwesen aus. Klein und zart, mit langem dunklen Haar, in das goldenen Strähnen eingeflochten wurden. Der Stoff ihres Kleides leuchtet und ist gleichzeitig irgendwie durchsichtig.

Er ist bereits irritiert, noch bevor sie ein Wort gesprochen hat.

»Ähem, Kommissar Hinrichs, mein Name, wir

haben uns gestern bereits vor dem Haus der Familie Mertens kennengelernt.«

»Ich weiß. Ich erinnere mich gut.« Sie lächelt auf eine entzückende Art und streckt ihm ihre zarte Hand entgegen.

Er traut sich kaum, zuzugreifen.

»Ähem . . . Sie wollten etwas aussagen?«

»Oh ja.« Sie zieht die Tür weit auf und lässt ihn eintreten.

Im Wohnzimmer, auf dem zierlichen Tisch am Fenster, ist bereits eine Kanne Tee angerichtet. Auch zwei Tassen und ein Teller mit selbst gebackenen Plätzchen stehen bereit.

Jasper sieht sich um. Der Raum ist klein, aber ebenso liebevoll verziert wie der Garten. Zusätzlich sind hier jede Menge gerahmte Zeitungsausdrucke angebracht – die anstelle von Bildern die Wände schmücken.

»Ich bin Poetin«, flüstert das Elfenwesen.

»Ja. Das haben Sie gestern schon erwähnt. Sind das alles Gedichte von Ihnen?«

»Ja.« Sie strahlt ihn an.

Neugierig beginnt er, jenes, das vor seiner Nase hängt, zu lesen.

Vereinigung

In Wallung
Mein Blut
Sein Blut
Geschwollen
Meine Muschel
Sein Stamm

Willig
Unsere Seelen
Begierig, verschlingend und verschlungen
In göttlicher Wollust

Als er den Sinn der Worte erfasst, erstarrt er. Fühlt, wie seine Wangen heiß werden. Und diese Hitze breitet sich wie eine Welle in seinem ganzen Körper aus.

»Gefällt es Ihnen? Es wurde letzten Monat veröffentlicht. Im Husumer Gedichtband.«

»Aha. Sehr schön.« Ein kaltes Glas Wasser würde ihm jetzt guttun.

Sie setzt sich und fordert ihn mit einer Geste auf, es ihr gleichzutun.

Als er Platz nimmt, spürt er bereits wieder ein Ziehen in seinen Eingeweiden. Ob er sie nach der Toilette fragen kann?

»Bitte.« Sie rückt den Teller mit den Plätzchen noch ein Stückchen mehr in seine Richtung.

»Danke.« *Das ist keine gute Idee.* Oder doch? Vielleicht beruhigen diese Plätzchen seinen aufgewühlten Darm? Seine Seele auf jeden Fall. Mit klopfendem Herzen greift er zu.

»Sie wollten mir etwas Wichtiges über den Mordfall sagen?«

»Ja.« Sie lächelt ihn mit glänzenden Augen an. Während er sich fragt, wie man bloß einen solchen Glanz in den Pupillen hinbekommt, spricht sie weiter. Doch seine Wangen brennen, sein Blut pulsiert wie Hölle und er versteht kein Wort von dem, was sie sagt. Äußerlich stoisch kaut er an dem Plätzchen, bemüht vorzugeben, dass alles in Ordnung ist.

». . . Vagina.«

»Wie bitte?« Vor Überraschung schnappt er nach Luft und einige Krümel gelangen in seine Luftröhre. Der Hustenanfall, der nun folgt, treibt ihm die Tränen in die Augen.

»Ach, Sie Armer.«

Mitfühlend klopft sie ihm auf den Rücken, mit einer Zärtlichkeit, die gegen die Krümel nichts ausrichtet, seine Verwirrung jedoch noch zusätzlich anheizt.

»Toilette«, bringt er mühsam heraus.

Sie zeigt ihm die Tür.

Er lässt lange kaltes Wasser laufen. Kühlt sein Gesicht und auch seinen Geist. Er schließt die Augen und stellt sich Billi vor, wie sie seine Hände in ihre nimmt. *Mann, Jasper, reiß dich zusammen, du bist keine elf mehr. Du bist jetzt ein Mann und bald auch ein Vater. Du gehst da jetzt raus und bringst diese Vernehmung zu Ende. Sachlich und professionell.*

»Mach ich«, flüstert er und fährt sich mit den nassen Händen durch die Haare, die am Hinterkopf kaum noch vorhanden sind.

Er lächelt, als er wieder Platz nimmt und stellt das Aufnahmegerät auf den Tisch.

»Entschuldigen Sie bitte meine Unpässlichkeit. Es ist doch okay, wenn ich unser Gespräch aufzeichne?«

»Aber ja.«

»Gut, dann wiederholen Sie bitte den letzten Satz für mich«, ersucht er höflich und drückt die Aufnahmetaste.

»Gern. Ich sagte, die Anna formte einen Abdruck von meiner Vagina.«

»Aha. Und warum das?«

»Weil ich meine Vagina schön finde. Und nicht nur ich. Allen meinen Sexualpartnern gefiel sie bisher.«

»Die Skulptur oder die . . .?« *Mann, Jasper, was redest du da?*, schimpft er sich sogleich, während seine Wangen erneut entflammen.

»Beide natürlich«, antwortet sie und präsentiert eine Skulptur von dem Sideboard hinter ihr, die ihm bisher noch nicht aufgefallen war. »Sehen Sie?«

»Ja.« Er schluckt, während er auf das Kunstwerk starrt. Nun stellt sie es zwischen ihn und dem Teller mit den Plätzchen. Unmöglich, dass er sich jetzt noch eines von den süßen Dingern angeln kann. Nun, zumindest minimiert es das Risiko, sich neuerlich zu verschlucken. Besser, er nippt bloß vorsichtig an seinem Tee. Schließlich räuspert er sich kräftig.

»Inwieweit spielt das für den Mordfall eine Rolle?«

»Es hat gewissen Leuten nicht gepasst, verstehen Sie? Sie hat das nicht nur für mich gemacht, sondern auch für andere Frauen. Und vor einem halben Jahr hat eine Zeitung einen Artikel darüber veröffentlicht. Seitdem war sie immer wieder Anfeindungen ausgesetzt.«

»Aha, und wissen Sie auch, wen das besonders gestört hat?«

»Ja, den Stefan Echs, das ist der Vorsitzende des Vereins Familienwerte. Der hat sie aufgesucht, beschimpft und bedroht.«

»Und das hat sie Ihnen erzählt?«

»Ja. Und ich finde, Sie sollten das wissen!« Dörte stellt die Vagina aus Gips wieder auf das Board zurück.

Jasper registriert es erleichtert.

»Wann?«

»Vor einem Monat ungefähr. Da bin ich ihr in der Praxis von Dr. Keilstrand begegnet.«

»Dann sind Sie auch bei ihm in Therapie?«, fragt er

überrascht.

»Nein, das nicht.« In ihren Augen scheint wieder dieses selige Glänzen. »Wir treffen uns wegen der Vereinigung.«

»Hat das mit diesem Familienwerteverein zu tun?«, hakt er irritiert nach.

»Nein, ich meine die sexuelle Vereinigung. Wenn unsere Körper miteinander verschmelzen.«

»Oh!« Jaspers Hand, die dabei war, sich doch noch ein Plätzchen zu angeln, zuckt wieder zurück.

»Sie müssen wissen, Dr. Keilstrand ist ein unglaublich talentierter Sexualpartner.«

»Aha. Und denken Sie, dass er auch mit Anna . . .?«

»Aber nein, das geht doch nicht. Er hat doch einen Therapeutenkodex, der ihm verbietet, sich mit Patientinnen solchen Praktiken hinzugeben. Das hat er mir selbst erzählt.«

»Verstehe.« Jasper lächelt höflich.

»Haben Sie als Kripobeamter auch so einen Kodex?«

»Wer, ich?«

»Ja, Sie. Ihre Aura ist feuerrot und . . .«

Mit einer raschen Bewegung schaltet er das Aufnahmegerät aus und erhebt sich geräuschvoll. Gleichzeitig beginnt sein Diensthandy zu klingeln.

»Ja, Chef? Nein, nein, es passt gut.«

Ein wenig verlegen packt er das Mobiltelefon wieder weg und streckt zum Abschied seine Hand aus.

»Ich muss jetzt gehen.«

Das elfenhafte Wesen mit den glänzenden Augen begleitet ihn zur Tür.

»Konnte ich Ihnen weiterhelfen?«

»Ja . . . ähem . . . Sie haben mir auf jeden Fall völlig neue Einblicke gewährt.«

16

»Mann, ich hab echt Neuigkeiten.« Jasper setzt sich mit leuchtend roten Backen zu Thomsen und Sophie an den Tisch. »Dein Anruf, Chef, dass wir uns hier in dieser Gaststätte treffen sollen, war Rettung in letzter Sekunde.«

»Moment.« Thomsen legt dem jüngeren seine Hand schwer auf den Unterarm. »Ich zuerst. Koopmanns Alibi ist soeben geplatzt.«

»Oha!« Sophies Augenbrauen gehen hoch.

»Ja. Die Kunstschweißerin hat uns angelogen. Koopmann hat sie schon um zehn Uhr rausgeschmissen und nicht erst um Mitternacht.«

»Sagt wer?«, will Sophie wissen.

»Ein gewisser Emil.«

»Der Messie?«

»Ja. Er wankte Freitagabend um die Zeit heim und hat ihn gesehen.«

»Und wie glaubwürdig ist das?«, hakt sie nach. »Ich meine, welcher Alki ist an einem Freitagabend schon um zehn Uhr auf dem Heimweg?«

»Doch, der Wirt hat das bestätigt. Er hat ihn rausgeschmissen, weil er gefurzt hatte. Der Geruch hat die anderen Gäste belästigt.«

»Nee, oder?« Sophie verzieht das Gesicht. »Nehmen wir ihn jetzt fest?«

»Weil ihm einer ausgekommen ist?« Jasper sieht seine Kollegin überrascht an.

»Nein, den Koopmann.«

»Aber so was von«, bestätigt Thomsen. »Hab ich schon angeordnet. Zwei nette Kollegen bringen ihn und Elsa Schröder in diesem Moment aufs Revier.«

»Das sind ja News.« Sophie steckt sich ihre widerspenstigen Locken hinter die Ohren. »Dabei habe ich mich mit ihm gerade stundenlang unterhalten. Er hätte jede Gelegenheit gehabt, das richtigzustellen.«

Thomsens Handy läutet.

»Ah, Svenja. Perfektes Timing. Aha . . . mhm . . . aha . . . okay. Alles klar, dann bis später.« Er legt auf und blickt in die Runde. »Der Inder ist eigentlich ein Pakistani und er ist sehr freundlich und der deutschen Sprache mächtig. Er kennt Annas Mutter nur von ihren Besuchen bei ihm und weiß nicht viel über die Tochter. Bloß, dass sie 'ne Therapie macht. Zusammengefasst, Svenja hat leider nichts Interessantes beizutragen.«

»Ich dafür umso mehr«, nutzt Jasper nun seine Chance und seine Backen verfärben sich vor Aufregung dunkelrot. »Die Anna hat nicht einfach bloß Skulpturen gemacht, sondern . . .« Er räuspert sich.

»Sondern was?«

»Vaginas«, flüstert er nun verschwörerisch.

»Vaginas?«, wiederholt Thomsen mit seinem tiefen Bass und Sophie verzieht amüsiert die Lippen.

»Psst«, macht Jasper mit einem Seitenblick zu den Männern, die an der Bar ihr Mittagspils zischen.

»Ja, Kopien von echten weiblichen Geschlechtsteilen. Auf Bestellung.«

»Ist nicht wahr!« Ein belustigtes Grinsen breitet sich auf Thomsens Gesicht aus. »Das musst du mir jetzt ganz genau erklären.«

* * *

Im Büro angekommen, gönnt sich Sophie erst mal einen Kaffee. Während sie Milch in die Tasse gießt, fällt ihr ein, dass ihr Chef noch nichts über sein Gespräch mit Annas Mutter erzählt hat.

Mit dem Kaffee in der Hand geht sie geradewegs in sein Büro, um diesbezüglich nachzufragen.

Doch Thomsen steht am Fenster und telefoniert.

». . . und was meinst du, Mausi, würde dir so eine Skulptur gefallen?«

Sophie räuspert sich und sieht amüsiert zu, wie ihrem Chef beinahe das Handy aus der Hand rutscht.

»Sorry, Liebes, ich muss auflegen, ich ruf später noch mal an. Was gibts, Meerkatz?«

»Ich wollte bloß wissen, ob Annas Mutter noch etwas eingefallen ist? Falls ja, könnte das vor Koopmanns Vernehmung hilfreich für uns sein.«

»Ach so, ja, nee. Die war völlig dicht, hat bloß jede Menge wirres Zeug erzählt. Die Vernehmung müssen wir morgen wiederholen, wenn sie wieder nüchtern ist.«

»Okay, dann nehmen wir uns den Koopmann vor.«

»Machen wir.« Thomsen nickt ein wenig verlegen. »Ich telefoniere dann später.«

17

Die Verhaftung hat Yannick Koopmann offenbar in eine Schockstarre versetzt. Er hat die Unterarme auf den Tisch gestützt und den Kopf darauf gelegt. In dieser Position verharrt er hartnäckig und reagiert auf keine einzige Frage.

Thomsen schlägt mit der flachen Hand auf den Tisch. Doch der Verdächtige zuckt weder, noch zeigt er irgendeine andere Form der Reaktion.

Nach einer Weile steht Sophie auf und geht zur Tür.

»Wenn Sie nicht mit uns sprechen wollen, lassen wir uns eben alles von Elsa Schröder erklären.«

Als Koopmann auch darauf in keiner Weise reagiert, verlassen die Ermittler den Raum.

* * *

Die Kunstschweißerin mit den abstehenden

Zöpfchen ist dafür umso gesprächiger. Ihr verweintes Gesicht in Kombination mit der Frisur erinnert Sophie an ein Kind, das seinen Lolli nicht lutschen darf.

»Es tut mir so leid«, schluchzt sie und verschmiert mit ihren dicken Fingern die verlaufene Schminke unter den Augen. »Ich wollte doch bloß dem Yannick etwas Gutes tun.«

»Ein falsches Alibi ist aber nichts Gutes«, brummt Thomsen.

»Ich wollte ihn doch bloß beschützen.«

»Wovor?«, will Sophie wissen.

»Davor, dass er verhaftet wird. Und genau das ist jetzt passiert.«

»Ja, logisch, wenn ein Alibi auf diese Art platzt.«

»Es tut mir so leid«, schnieft Elsa erneut. »Das hab ich doch bloß gemacht, weil ich mir hundert Prozent sicher bin, dass Yannick unschuldig ist. Er wars nicht, das müssen Sie mir glauben.«

»Woher nehmen Sie diese Sicherheit?«

»Ich kenne ihn. Er wäre dazu gar nicht fähig. Er ist so ein friedliebender Mensch, er würde niemals jemandem wehtun.«

»Und Sie?«, kontert Sophie.

»Wie ich?«

»Wie sieht das bei Ihnen aus? Würden Sie jemandem wehtun? Wenn es Ihrer Meinung nach zum Besten wäre, für den Mann, den Sie lieben?«

»Wie bitte? Was soll das heißen?«

»Das soll heißen, dass sich mir die Frage aufdrängt, ob es Ihnen bei der Aussage, dass Sie bis Mitternacht bei Herrn Koopmann waren, vielleicht um ihr eigenes Alibi ging.« Sophie verengt ihre nougatbraunen Augen und fixiert die verunsicherte Frau mit einem harten

Blick.

»Um meines? Aber wieso? Ich hab doch gar nichts damit zu tun.«

»Ist das so? Sie waren vor Ort – und zwar immer! Am Abend, als Anna starb, ebenso wie am Morgen, als ihre Mutter sie fand.«

Elsa beginnt nun neuerlich zu weinen.

»Aber ich wars nicht. Ehrlich. Ich hätte Anna nie etwas antun können . . .«

Thomsen erhebt sich mit gerunzelten Brauen.

»Es tut mir leid, Frau Schröder, aber so etwas hören wir ständig. Das beeindruckt hier niemanden mehr. Wir behalten Sie über Nacht hier.«

18

Ilvy singt zur Gitarre.

Nur für ihn.

Sie hockt neben dem Lagerfeuer auf einem Stein und sie singt über die Freiheit und über die Liebe. Er kann sie spüren, die Liebe, die nur ihm gilt.

Ihre Stimme streichelt ihn, ihr Lied lullt ihn ein, bloß die Flammen des Feuers erreichen ihn nicht. Sie wärmen ihn nicht. Sie sind zu weit weg.

Genau wie Ilvy.

Auch sie ist zu weit weg.

Sie singt nicht für ihn.

Sie singt bloß für Anna.

Die Mädchen lachen und umarmen sich.

Und ihm ist kalt.

So kalt, dass sein Kopf davon schmerzt.

Er versucht, ans Feuer zu robben, doch er kommt nicht vom Fleck.

Etwas stimmt mit seinen Händen nicht.

Etwas stimmt auch mit seinen Beinen nicht.

Ilvy, schreit er. *Ilvy!*

Doch sie sieht ihn nicht an.

Ilvy! Hilf mir!

Endlich steht sie von diesem gottverdammten Stein auf.

Doch sie kommt nicht zu ihm.

Sie geht mit Anna weg und lässt ihn allein zurück.

Ilvy, brüllt er aus Leibeskräften, doch es kommt kein Laut aus seinem Mund.

Er schreit seinen Schmerz hinaus, doch an seine Ohren dringt bloß ein Röcheln.

Ein Röcheln, das Ilvy nicht hört.

Sie dreht sich nicht zu ihm um.

In die Verzweiflung mischt sich die Kälte. Sie legt sich auf seinen Schmerz wie eine Decke.

19

»Du warst eben aber ziemlich hart zu deiner Lieblingsschweißerin«, spöttelt Sophie auf dem Rückweg zum Großraum.

»Na hör mal, so 'n Fake-Alibi geht gar nicht«, grummelt Thomsen. »Und an deiner Theorie ist auch was dran. Kräftig genug wär sie allemal, um so 'nen heftigen Schlag mit einem Tonkrug hinzukriegen. Frei nach dem Motto, wenn die blonde Dünne tot ist, bekommt die dunkle Dicke ihre Chance. Irgendwer muss es schließlich gewesen sein.«

»Schon.«

Sophie ignoriert den Fahrstuhl und steigt die Treppen hoch. »Aber wir haben auch noch weitere männliche Verdächtige im Köcher. Allen voran Yannick, dann Emil . . .«

»Wieso denn jetzt Emil?«

»Nun, der hat vielleicht einen triftigen Grund, den Verdacht auf Yannick zu lenken . . .«

»Mensch, Meerkatz, was sollte der denn für ein Motiv haben?«

»Keine Ahnung, vielleicht wurde er mal zudringlich und Anna wollte ihn anzeigen. Abgesehen davon gibt es auch noch Yannicks Konkurrent, den Porträtmaler. Den haben wir noch nicht mal kennengelernt, weil er nicht zu Hause ist, oder uns nicht hineinlässt. Er könnte genauso gut nach der Tat abgetaucht sein . . .«

»Bloß, weil er einen Tag nicht zu Hause ist?«, widerspricht Thomsen. »Und überhaupt – warum muss es immer ein Mann sein?«

»Statistik. Bei Gewalttaten ist die Statistik eindeutig. Knapp neunzig Prozent der Täter sind Männer.«

»Meinetwegen. Bleiben immer noch zehn Prozent für die Kunstschweißerin. Es gab schon schlechtere Quoten.« Er öffnet die Glastür zum Großraum und hält sie für seine Kollegin auf. »Wird Zeit, dass wir Feierabend machen. Und es steht eine Grillparty an. Zum Glück ist Ella für ihre gute Küche bekannt. Mir knurrt schon der Magen.«

»Du sprichst mir aus der Seele.« Jasper erhebt sich von seinem Schreibtisch. »Also können wir los?«

»Klar. Fahrt ihr beiden bei mir mit?«

»Ich nicht«, erklärt Sophie und bläst sich eine Locke aus der Stirn. »Ich muss vorher noch heim, Taako und Nils abholen.«

»Aber ich gern«, erwidert Jasper und nimmt voller Vorfreude seine Jacke vom Haken.

* * *

Auf dem Heimweg wählt Sophie Taakos Nummer.
»Moin Liebes«, flötet er zur Begrüßung ins Telefon.

Es wirkt ein wenig aufgesetzt und Sophie wird sofort misstrauisch.

»Was ist los?«

»Einen Moment.«

Sie hört Schritte und anschließend, wie eine Tür ins Schloss fällt.

»Meine Mama ist gekommen«, erklärt Taako kurz darauf bekümmert.

»Schon wieder aus heiterem Himmel?«

»Ja.«

»Hast du ihr gesagt, dass wir heute Abend schon etwas vorhaben?«

»Hab ich.«

»Und?«

»Ich bin eingeknickt. Ich bleibe mit Nils heute zu Hause, damit sie ihren Enkel sehen kann.«

»Mann . . .« Sophie spürt, wie der Ärger in ihr hochsteigt. Das ist nun schon das dritte Mal, dass Taakos Mutter unangemeldet auftaucht und ihre gemeinsamen Pläne über den Haufen wirft.

»Bist du jetzt sauer?«

»Nun, glücklich bin ich nicht«, erwidert sie ausweichend.

»Kannst du dir bitte deinen Groll nicht anmerken lassen? Meine Mama denkt jetzt schon, dass du sie nicht leiden kannst . . .«

Das liegt vielleicht daran, dass ich sie nicht leiden kann, denkt Sophie zynisch, sagt aber nichts.

»Sophie?«

»Weißt du, ich denke, es ist vielleicht besser, ich fahre direkt zu Ella.«

»Du kommst nicht heim?« Er klingt traurig.

Sophie beißt sich auf die Lippen.

»Doch. Aber erst nach dem Barbecue.«

Sie ist aufgewühlt, als sie wieder auflegt. Bei der nächsten Gelegenheit fährt sie rechts ran, um ein dringendes Telefonat zu führen. Irgendwie muss sie schließlich Dampf ablassen.

»Diese Frau treibt mich in den Wahnsinn«, beschwert sie sich kurz darauf bei ihrer besten Freundin. »Ich muss mich mal kurz auskotzen.«

»Kein Problem«, lacht Alex. »Ich bin als Kummerkasten erprobt. Egal, ob Grummelchef oder nervige SchwieMu, immer bloß raus damit.«

»Sie taucht einfach auf. Ohne Vorwarnung. Wann immer es ihr passt. Um mit ihrem Enkel Zeit zu verbringen. Und Taako unternimmt nichts dagegen, weil sie ihm leidtut.«

»Und warum tut sie ihm leid?«

»Sie ist seit einem halben Jahr Witwe.«

»Hm, schwierige Situation.«

Und nicht die erste, denkt Sophie. Sie kannten sich noch nicht lange, als völlig aus dem Nichts ein One-Night-Stand aus Taakos Leben mit seinem Sohn Nils auftauchte. Nachdem aus ihrer unkomplizierten Paarbeziehung, nach einer turbulenten Umstellungsphase, eine glückliche Patchworkfamilie geworden war, drängte Taako darauf, dass sie zusammenziehen sollten. Doch auch mit dieser Veränderung kommt sie inzwischen gut klar. Aber nun poppt wie aus dem Nichts das nächste unerwartete Problem auf, nämlich, dass er seiner Mutter keine Grenzen setzen kann.

»Sie erpresst ihn emotional«, seufzt Sophie. »Bisher hab ich das nicht so mitbekommen, aber seit wir zusammenwohnen . . .«

»Klar, da kommt alles ans Licht.«
»Und die Drachen aus ihren Höhlen . . .«
»So schlimm?« Alex lacht.
»Schlimm genug, dass ich jetzt allein zu Ellas Grillparty muss. Und bestimmt fällt dem Rüden dazu wieder ein dämlicher Kommentar ein.«
»Ach, du Arme«, säuselt Alex. »Soll ich für deinen Liebsten einspringen? Ein Wort von dir genügt und ich bin in fünf Stunden da.«
»Danke vielmals, aber in fünf Stunden ist niemand mehr nüchtern, ausgenommen Billi natürlich, aber die ist im neunten Monat schwanger.«

20

»Willkommen, willkommen!« Ella breitet strahlend ihre Arme aus. »Bist du allein?«

»Ja, leider. Taako lässt sich entschuldigen, er musste sich kurzfristig um seine Mutter kümmern. Sie ist seit einem halben Jahre Witwe . . .«

»Ach, wie schlimm, das kenne ich gut. Auch wenn es bei mir schon viele Jahre her ist. Warum habt ihr sie nicht einfach mitgebracht?«

»Wir hätten dich gefragt, ob das okay ist, aber leider geht sie überhaupt nicht mehr unter Leute.«

»Ach, wie traurig. Aber jetzt gönn' dir mal 'ne Begrüßungsbowle!«

»Danke, gern.«

Mit dem Glas in der Hand, in dem eine Menge roter Früchte schwimmen, begrüßt sie die anderen Gäste.

»Wo ist Nils?«, fragt Maike und sieht sich suchend um.

»Tja, weißt du . . .«, beginnt Sophie und erzählt die leidige Geschichte ein zweites Mal. Diesmal zum Glück mit einem vollen Glas in der Hand.

Jasper und seine hochschwangere Freundin gesellen sich dazu.

»Wow, Billi, du siehst echt wieder gut aus!«, freut sich Sophie. »Wie das blühende Leben!«

Die junge Frau mit dem dunklen Pferdeschwanz lacht. »Kannst du mich hinter meinem Bauch überhaupt noch erkennen?«

»Gerade noch«, sagt Sophie und lacht ebenfalls. »Dein Bauch ist wirklich mega. Und jetzt ist alles gut?«

»Ja, unglaublich, nicht wahr? Bis vor drei Tagen hatte ich noch strenge Bettruhe. Und nun – nach all der Aufregung mit den Vorwehen und der drohenden Frühgeburt – darf ich noch ein paar Tage lang meine Schwangerschaft genießen. Wenn man es *genießen* nennen will. In Wahrheit kann ich es kaum erwarten, dass unser Sohn endlich geboren wird.«

»Das freut mich so für dich! Aber warum musst du dich jetzt nicht mehr so schonen?«

»Weil ich endlich in der 38. Woche bin. Das Baby ist jetzt groß genug, es darf nun jederzeit kommen.«

Jasper legt stolz seinen Arm um seine Freundin. »Die Billi ist so tapfer.«

Sie lächelt ihm verliebt zu. »Mit deiner Unterstützung ist das nicht schwer.« Zu Sophie gewandt fügt sie hinzu. »Der Jasper tut einfach alles für mich, einen besseren Partner könnte ich mir nicht wünschen.«

»Und wie ist das mit deiner Schwiegermutti?«, fragt Ella, die plötzlich neben ihr steht.

»Noch besser«, lacht Billi. »Von allen Schwiegermüttern hab ich die beste erwischt.«

»Ja, dazu kann man dir bloß gratulieren«, meint Sophie ein wenig lakonisch und tauscht ihr leeres Glas gegen ein volles.

Svenja taucht plötzlich auf und winkt schon,

während sie sich durch die Menge kämpft.

Sophie umarmt sie zur Begrüßung. »Wie wars in Hamburg?«

»Einfach nur genial.«

Ein wenig neidisch betrachtet sie Svenjas leuchtende Augen. Seit ihre Kollegin so etwas wie eine Beziehung mit dem Hamburger Anwalt Ralf Theissen am Laufen hat, ist sie zeitweise richtig überdreht.

»Und den Fall betreffend?«, hakt Sophie nach.

»Fehlanzeige. Dieser Ghulam ist reizend, war aber noch nie im Haus der Familie Mertens.«

»Sagt er.«

»Klar. Sonst wüsst ich's ja nicht. Aber jetzt kommt er nach Husum, um seiner Freundin beizustehen.«

»Nett.«

»Ja. Aber zurück zu Ralf. Du wirst nicht glauben, wo wir uns getroffen haben. Stell dir vor, er hatte ein Zimmer im Empire Riverside Hotel organisiert, mit einem Traumblick über ganz Hamburg...«

»Meerkätzchen, bist du heute unbekatert?«, tönt ihr Chef plötzlich und seine Pranke legt sich schwer auf ihre Schulter. Während er lauthals über seinen eigenen Witz lacht, duckt sie sich unter seinem Arm weg und entflieht auf die Terrasse.

Im kalten Nebel kramt sie eine Packung Zigaretten aus ihrer Handtasche und steckt sich eine an.

Fröstelnd bläst sie den Rauch in die Luft.

»Ich dachte, du hättest aufgehört?«, ertönt plötzlich eine vertraute Stimme aus der gegenüberliegenden Ecke.

»Enno! Welch Überraschung.« Sie umarmt Jaspers gut aussehenden Halbbruder zur Begrüßung. »Du bist nicht in Montreal?«

»Richtig erkannt. Da merkt man gleich die gewiefte Kommissarin«, neckt er sie.

Sie stupst ihn gespielt vorwurfsvoll. »Wie lief deine Ausstellung?«

»Ich kann nicht klagen, Montreal liebt meine Bilder, aber nach drei Wochen folge ich dem Ruf der Heimat mit Hingabe.«

»Meinst du mit *Ruf der Heimat* Ellas Grillparty?«

»Ganz genau. Einen besseren Anlass gibt es gar nicht.« Er lächelt und seine blitzblauen Augen mit den verboten langen Wimpern blinzeln Sophie belustigt zu. »Und du? Kein Taako?«

»Nicht du auch noch«, stöhnt Sophie und zieht an ihrer Zigarette.

»Keine Sorge.« Enno lacht und steckt sich ebenfalls eine an. »Mir fehlt er nicht.«

Es schüchtert uns leicht eine Pistole ein,
die nicht einmal geladen ist

Anna Dix

MONTAG

21

Als der Wecker läutet, zieht sich Sophie frustriert die Decke über den Kopf. Diese Bowle war keine gute Idee. Die Zigaretten auch nicht. Und alles, was sonst noch passiert ist, schon gar nicht.

Verflucht! Sie schlägt nach dem aufdringlichen Wecker, der es gewagt hat, ein zweites Mal zu läuten und reckt mühsam den Kopf ein wenig hoch.

Wer feiern kann, kann auch arbeiten. Wie ein Mantra wiederholt sie diesen Leitsatz so lange, bis es ihr gelingt, die Beine aus dem Bett zu hieven.

Kaffee, Dusche, Büro. Das ist der Plan. Vielleicht noch 'ne Kopfschmerztablette zwischendurch.

Wie ferngesteuert wandelt sie zur Kaffeemaschine und stellt erfreut fest, dass der Kaffee bereits durchgelaufen ist.

»Danke«, flüstert sie und schenkt sich eine Tasse ein.

»Gern.« Taako, der in der Küche auf sie gewartet hat, umarmt sie liebevoll, hält dann jedoch abrupt in der Bewegung inne und schnuppert an ihrem Haar. »Rauchst du wieder?«

»Bloß gestern.«

Sie nimmt eine Flasche Orangensaft aus dem

Kühlschrank und schenkt sich ein großes Glas ein.

»Verkatert?«

»Mhm . . .«

»Ach Liebes, kann ich dich keinen Abend allein lassen?«

Offenbar nicht, denkt sie, als Flashbacks hochkommen, und sie plötzlich wieder Ennos Lippen auf den ihren spürt. Verdammt, was hat sie angestellt?

Nils kommt die Stufen heruntergetappt.

»Mir ist schlecht«, mault er und übergibt sich sofort.

»Ach du meine Güte«, ruft Taako erschrocken und nimmt den Kleinen hoch. »Komm, wir gehen ins Badezimmer. Was hast du denn bloß gegessen?«

Sophie holt den Wischmopp und den Eimer aus dem Schrank und macht sich an die Beseitigung des Malheurs.

»Viel zu viel Süßkram, würde ich meinen.«

* * *

Die Kaffeekanne in der kleinen Personalküche ist leer.

»Mann, ausgerechnet heute«, stöhnt Sophie, die dringend eine zweite Tasse benötigt, und füllt nach.

»Sorry, ich wollte das eigentlich tun, aber dann kam Jasper mit dieser Wahnsinnsgeschichte und . . .«

»Schon gut«, murmelt Sophie und drückt die Einschalttaste. »Läuft wieder.«

»Bist du sauer auf mich?«, flüstert Svenja.

»Nein, ich bin bloß ein wenig durcheinander. Ich denke, ich hab einen Filmriss. Keine Ahnung, wo mein Auto ist.«

»Das steht noch bei Ella. Ich hab dir 'n Taxi besorgt.«

»Oh. Danke. Wieso fragst du dann, ob ich auf dich sauer bin?«

»Weil . . . ach Mist, erinnerst du dich wirklich nicht?«

»Woran?« Sie reibt sich die Schläfen. Die ständigen Flashbacks mit Enno vernebeln ihr Gehirn.

»Als alle schon weg waren und ich auch gerade gehen wollte, hab ich dich und Enno auf der Terrasse entdeckt. Ihr wart irgendwie . . . ineinander verkeilt und ich wollte euch trennen, und da hast du gesagt, ich hätte mir schon Ralf geangelt, ich bräuchte dir nicht auch noch Enno wegzunehmen.«

»Ach, verdammt. Das hab ich gesagt?«

»Mhm. Enno hat mir dann geholfen, dich in ein Taxi zu setzen.«

»Mann . . .«, stöhnt Sophie. »Was für 'ne Riesenkacke!«

Thomsen steckt gut gelaunt den Kopf zur Tür herein.

»In fünf Minuten Besprechung bei mir, und bringt mir 'ne volle Tasse mit!«

22

»Svenja, fass mal für uns den Stand der Ermittlungen zusammen«, fordert der Hauptkommissar entspannt und schlürft genüsslich seinen Kaffee.

»Klar, Chef.« Svenja erhebt sich und deutet auf das Foto der Toten, das sie in der Mitte des Whiteboards befestigt hat.

»Anna, dreiundzwanzig, Skulpturenkünstlerin, wurde von ihrer Mutter und der Nachbarin Elsa Schröder Samstagvormittag in ihrem Atelier tot aufgefunden. Sie wurde augenscheinlich mit einem stumpfen Gegenstand erschlagen, möglicherweise mit einem schweren Tonkrug. Die Autopsie steht noch aus.«

»Die ist heute«, unterbricht Thomsen.

»Soll ich dabei sein?«, fragt Jasper.

Thomsen nickt erst ihm und dann Svenja zu. »Fahr fort.«

»Laut ihrer Mutter hatte Anna einen festen Freund, Yannick, dessen Alibi gestern geplatzt ist.«

»Und genau jene Elsa, die uns belogen hat, war dabei, als das Opfer gefunden wurde«, streicht Thomsen hervor.

»Richtig. Weitere Personen, die beteiligt sein

könnten, sind die Nachbarn in dieser Künstlersiedlung. Emil, der Sammler und Hark, der Porträtmaler, der sich bis jetzt unserer Befragung entzogen hat«, setzt Svenja ihre Zusammenfassung fort.

»Das sind doch bloß Nachbarn, warum sollen die etwas damit zu tun haben?«, fragt Thomsen.

»Weil ich heute Morgen die Kontakte in ihrem Handy durchgegangen bin«, erläutert nun Jasper. »Anna hat sehr zurückgezogen gelebt. Außer ihrer Mutter, ihrem Freund und ihrem Therapeuten gibt es bloß noch die Namen und Telefonnummern ihrer Nachbarn.«

»Schräg. War da nicht noch so eine Zeugin, die der Poesie zugewandt ist?«, hakt Thomsen nach und sieht seinen jüngeren Mitarbeiter auffordernd an. »Vielleicht hast du uns ja ein Gedicht mitgebracht?«

»Nein«, sagt Jasper schroff und kann nichts dagegen tun, dass seine Wangen zu glühen beginnen. »Aber ich habe mit ihr gesprochen. Sie selbst ist viel zu zart, um jemanden zu erschlagen, aber sie hat uns einen weiteren potenziell Verdächtigen genannt. Den Stefan Echs, den Feind der glücklichen Vagina.«

»Wie bitte?« Thomsen schaut belustigt auf.

»So hat sie ihn genannt.«

»Aha.«

»Außerdem hat sie mir eine E-Mail weitergeleitet, in der sich besagter Echs über die Veröffentlichung eines ihrer Gedichte empört, und sie meinte, dass Anna auch so eine böse E-Mail erhalten hätte«, fügt Jasper noch hinzu.

»Die hat auch Gedichte geschrieben?« Thomsen streicht sich irritiert durchs Haar.

»Nein, wegen ihrer Vagina-Skulpturen.«

»Ach so. Dann haben wir ja einiges zu tun. Jasper, du begleitest die Obduktion, Svenja, du sprichst mit der Mutter über . . . diese Skulpturen, und Meerkatz . . . Meerkatz, du bist außergewöhnlich still heute, möchtest du noch etwas ergänzen?«

»Mhm. Wir haben am späten Nachmittag einen Termin mit Annas Therapeuten vereinbart.«

»Sehr gut, dann hast du vorher noch Zeit, um dir diesen Echs vorzunehmen, den Feind der glücklichen Vagina.« Er schlägt sich belustigt auf die Schenkel.

Sein Telefon klingelt und als er abhebt, gibt er sich Mühe, wieder ernsthaft zu klingen.

»Thomsen. Ja . . . aha, wenn du meinst. Ich möchte dir dazu aber noch was sagen, warte einen Moment, ich komme zu dir.«

»War das der Petersen?«, will Sophie wissen.

»Ja, unser Dienststellenleiter möchte 'ne Pressekonferenz abhalten, um unseren Erfolg zu feiern. Schließlich haben wir gestern zwei Personen verhaftet, die ich im übrigen heute weiter befragen werde«, erklärt er breit grinsend. »Aber wenn die Medien von den Vagina-Skulpturen Wind bekommen, sind wir in ganz Deutschland auf den Titelblättern . . .«

»Das war klar, dass ihn das amüsiert«, kommentiert Svenja, kaum, dass der Hauptkommissar den Raum verlassen hat.

»Ich finde das eher peinlich . . .«, meint Jasper, verstummt aber plötzlich und blickt überrascht zur Tür.

Maike kommt herein, mit einer älteren, ärmlich gekleideten Frau im Schlepptau.

»Ist der Rüde da?«

»Nee, der ist eben hoch zum Petersen.«

Svenja geht auf ihre Freundin zu und umarmt sie zur Begrüßung. »Kann ich dir helfen?«

»Ich hoffe, also es ist wegen Klara hier.« Sie zeigt auf die Frau mit den eingefallenen Wangen, die verunsichert zu Boden blickt. »Ihr Junge wird vermisst.«

»Seit wann?«

Sophie kommt nun interessiert näher.

»Seit Freitagnacht.«

»Seit Freitagnacht? Jetzt haben wir Montagmorgen. Wie alt ist der Junge?«

»Zwölf.«

»Ach du meine Güte.«

Sophie bietet der Frau einen Stuhl an, den sie nur zögerlich annimmt.

»Warum kommen Sie erst jetzt?«

»Der Oskar ist schon öfter mal über Nacht weggeblieben«, nuschelt sie leise, ohne Sophie in die Augen zu blicken. »Aber er ist dann doch immer wieder heimgekommen. Aber diesmal hab ich ein ungutes Gefühl.«

»Aha. Svenja, sei so lieb, nimm alle Personalien auf, auch welches Gewand er trug, wo er hin wollte, mögliche Freunde et cetera et cetera. Und du«, sie blickt nun Maike an, »kommst bitte kurz mit mir mit.«

In der Personalküche angekommen, schließt sie die Tür und sieht die Frau ihres Chefs kopfschüttelnd an.

»Ein Zwölfjähriger, der schon mehrmals über Nacht weggelaufen ist? Was ist in der Familie los?«

»So genau weiß ich das nicht. Aber die Klara ist eine alte Kundin von mir, die kommt schon seit Ewigkeiten zum Haareschneiden. Ihr Mann ist wohl von der gewalttätigen Sorte, vermute ich, und sie hat keine guten Erfahrungen mit der Polizei gemacht. Sie wollte auch gar nicht herkommen. Ich sollte bloß meinen Mann anrufen, ob er etwas weiß, aber so geht das nun mal nicht.«

»Richtig. So geht das nicht. Ein zwölfjähriges Kind, das seit drei Nächten abgängig ist, da fragt man sich schon, was hat die Mutter bisher gemacht? Däumchen gedreht?«

»Ich finde das auch schlimm, deshalb bin ich sofort mit ihr hergekommen. Aber sei nicht so hart zu ihr, sie hat bereits ein Kind verloren. Ihre Tochter hat sich vor 'nem Jahr umgebracht. Mit 'ner Überdosis.«

23

Als Sophie in den Großraum zurückkehrt, ist das Formular bereits vollständig ausgefüllt. Sie wirft einen schnellen Blick darauf. Oskar Dirksen, zwölf Jahre alt, dunkle Haare, blaue Augen, ungefähr ein Meter vierzig groß, bekleidet mit einer Jeans und einem Sweater in Grau oder Schwarz.

»Wo könnte Ihr Junge hingegangen sein?«

Frau Dirksen zuckt bloß mit den Schultern.

»Wollen Sie ihn finden oder nicht? Eine Mutter hat doch immer 'ne Vermutung . . .«

»Vielleicht zur Anna?«

»Welcher Anna?«

»Anna Mertens.«

Sophie schnappt nach Luft. »Die Anna Mertens, die ermordet wurde?«

»Ja.«

»Die war dreiundzwanzig, Oskar ist zwölf. Was hatte er mit ihr zu tun?«

»Sie war Ilvys beste Freundin. Die beiden waren unzertrennlich, bis Ilvy . . . meine arme Ilvy . . . sie starb letztes Jahr . . . Oskar ging immer zu Anna, wenn er seiner Schwester nahe sein wollte.«

»Oh Mann.« Sophie fährt sich mit beiden Händen durch ihre Locken. »Das bedeutet, Freitagabend ist nicht nur eine junge Frau getötet worden, sondern auch ein kleiner Junge verschwunden. Sie hätten echt früher kommen müssen.«

»Kann ich vielleicht helfen?«, biete Maike an.

Sophie will bereits reflexartig ablehnen, doch als sie einen blauen Fleck auf Klaras Wange bemerkt, überlegt sie es sich anders. Einerseits kann man Ermittlungen nicht einfach an Privatpersonen auslagern, andererseits ist es nicht verboten, wenn eine Friseurin sich mit ihrer langjährigen Kundin unterhält.

»Vielleicht möchtest du mit Frau Dirksen einen Tee trinken gehen?«

»Ja, gern«, erwidert Maike hilfsbereit. »Der Tommy schmeißt meinen Laden auch noch 'ne Stunde länger ohne mich.«

»Ich will wissen, was in dieser Familie los ist«, raunt Sophie ihr ins Ohr.

Maike nickt und fordert die verzweifelte Mutter mit einer Geste auf, ihr zu folgen.

»Wir beide gönnen uns jetzt 'nen feinen, heißen Tee.«

»Jasper, du schickst sofort 'ne Fahndung raus . . .«, beginnt Sophie.

»Aber die Autopsie . . .«, unterbricht er sofort.

»Beginnt eben ohne dich. Es wird nichts ändern, wenn du später kommst. Und Svenja, du nimmst zwei Kollegen mit, wenn du zu Annas Mutter fährst. Ihr sucht alles nach Hinweisen ab, ob der Junge dort war.«

»Und du?«, will ihre Kollegin wissen.

»Ich geh hoch zum Petersen und sag dem Rüden Bescheid.«

»Denkst du, dass die beiden Fälle zusammenhängen?«

»Du nicht?«, gibt Sophie zurück.

Svenjas Augen weiten sich vor Entsetzen.

»Dann könnte der Junge auch tot sein?«

»Das wollen wir nicht hoffen.«

Vor Petersen Bürotür stößt Sophie mit Tjark Frerichs von der KTU zusammen.

»Stimmt es, dass der Rüde hier drin ist?«, will er von ihr wissen.

Sie nickt. »Hast du Neuigkeiten?«

»Das kann man so sagen. Wir haben bereits einen Teil der Fingerabdrücke, die an den Flaschen und Gläsern gesichert wurden, ausgewertet. Die meisten sind natürlich vom Opfer selbst, und von Yannick Koopmann und Lisbeth Mertens. Aber wir haben auch noch andere gefunden. Alle konnten wir nicht zuordnen, aber jene, die wir auf der halb vollen Flasche Korn gefunden haben, gehören zu keinem netten Zeitgenossen.« Er dreht den Computerausdruck, den er in der Hand hält, so, dass sie ihn lesen kann.

Karl Dirksen, achtundvierzig Jahre alt, mehrfach vorbestraft wegen Körperverletzung.

24

»Ich habe Ilvy verloren. Sie hat uns verlassen und ich hab sie nie wieder gesehen. Sie kam in einem Sarg aus Hamburg zurück. Ich darf nicht auch noch meinen Jungen verlieren. Nicht Oskar«, schluchzt Klara, nachdem sie bereits eine Weile an einem abgelegenen Tisch im Café Deichblick sitzen. Ihren Tee rührt sie nicht an.

»Du darfst jetzt nicht gleich das Schlimmste befürchten«, versucht Maike zu trösten. »Er ist vielleicht bloß ausgebüxt. Du hast doch selbst gesagt, das wär nicht das erste Mal.«

»Aber bis jetzt kam er immer wieder zurück.«

»Dann überlegen wir mal gemeinsam, was dieses Mal anders sein könnte. Erzähl mal von dem konkreten Abend, als dein Junge verschwunden ist. Das war Freitag, nicht wahr?«, schlägt Maike vor und streicht der verzweifelten Frau über den Unterarm.

Sie kann spüren, wie sich jene bei dieser Frage versteift.

»Klara?«, hakt Maike nach, weil von Oskars Mutter kein Wort mehr kommt.

Nun zieht sie ihre Arme an sich und schlingt sie um

ihren mageren Körper.

»Da war nichts Besonderes, wir haben ferngesehen, der Junge ging auf sein Zimmer, und als ich ihn morgens wecken wollte, war er nicht da.«

»War dein Mann auch daheim?«

»Was hat Kalle denn damit zu tun?«, fährt sie auf.

»Ich weiß es nicht, sag du es mir: Hatte Oskar vielleicht Angst vor seinem Vater?«

Klara schüttelt vehement den Kopf. »Kalle hat nichts damit zu tun.«

Maike beobachtet das auffällige Mienenspiel ihrer langjährigen Kundin. Wie sie sich jedes Mal verbittert verkrampft, wenn die Sprache auf ihren Mann gebracht wird.

»Hat Kalle dich geschlagen?«, spricht sie nun ganz direkt aus, was sie sich denkt und deutet auf den Bluterguss in Klaras Gesicht, der gut und gern ein paar Tage alt ist.

Sofort springt Klara auf.

»Ich hätte nicht herkommen dürfen, es war ein Fehler. Ich hätte nie zur Polizei gehen dürfen.«

Mit einem panischen Flackern in den Augen läuft sie zum Ausgang, wo sie mit Thomsen zusammenstößt, der soeben zur Tür hereinkommt.

Er packt sie an den Schultern.

»Hiergeblieben, Frau Dirksen. Wir beide haben einiges zu besprechen.«

»Lassen Sie mich los. Es war ein Fehler, wirklich, das müssen Sie mir glauben, es war ein Fehler. Bloß ein Missverständnis. Lassen Sie mich nach Hause gehen, sicher ist Oskar längst wieder zurück.«

* * *

Das Zuhause der Familie Dirksen ist nicht sehr groß, mehr eine Kate als ein Haus. Die Einrichtung ist alt und abgewohnt, aber sauber.

Thomsen mustert die in Tränen aufgelöste Frau, die ihm an dem kleinen hölzernen Tisch gegenübersitzt und immer wieder ängstlich zur Tür schielt. Maike hätte ihm gar nicht zuflüstern müssen, dass sie häusliche Gewalt bei der Familie Dirksen vermutet.

Er hat sich in seiner beruflichen Laufbahn schon genug Erklärungen über Treppenstürze und andere Haushaltsunfälle anhören müssen, um Bescheid zu wissen.

»Wo kommt das her?« Er tippt sich an die Wange.

»Hab mich an 'ner Schranktür gestoßen.«

»Und der Junge, Oskar, stößt sich der auch öfter an 'ner Schranktür?«

Klara Dirksen verschränkt die Arme und presst die Lippen aufeinander.

Thomsen ist nun völlig klar, was da abläuft.

»Sie brauchen keine Angst mehr zu haben«, versucht er es mit einem vertraulichen Tonfall. »Ich nehme Ihren Mann mit, sowie er hier auftaucht.«

»Haben Sie mich deshalb heimgebracht?«

»Nicht nur, ehrlich gesagt hab ich tatsächlich gehofft, der Junge wäre wieder hier.«

Er sieht sich um.

Pflanzen oder Ziergegenstände gibt es keine. Auch die Wände sind kalt und leer. Die Familie Dirksen muss ihre Wohnbedürfnisse offenbar auf das Nötigste beschränken. Das Geld, das für Alkohol ausgegeben wird, fehlt überall anders.

»Kann sein, dass Sie hier bald ruhige Zeiten haben«, sagt er. »Wir haben Kalles Fingerabdrücke in Anna Mertens Atelier gefunden.«

»Was?« Klara starrt ihn entsetzt an. »Was soll das heißen?«

»Wissen wir noch nicht. Aber dass er vor kurzem dort war, steht fest.«

»Mann . . .« Sie beginnt zu zittern und greift zu der Flasche Korn, die am Tisch steht.

Thomsen hebt den Zeigefinger.

»Aber bloß einen, schließlich wollen wir den Jungen finden!«

25

»Ich dachte vorhin, ich höre nicht richtig – sagt diese Mutter, die ihr Kind erst nach drei Nächten vermisst, Oskar war vielleicht bei Anna, und dann bestätigt Tjark Frerichs die Fingerabdrücke des Vaters am Tatort«, fasst Sophie die neuesten Entwicklungen für Svenja zusammen. »Und der ist als gewalttätig bekannt und einschlägig vorbestraft.«

»Wow! Unser Fall dreht und wendet sich von einem Moment auf den anderen.«

»Apropos *wenden*, du bist gerade in eine Sackgasse gefahren.«

»Bin ich nicht.«

»Doch, da war ein Schild.« Sophie deutet auf eine Absperrung vor ihnen, die nun sichtbar wird. »Baustelle. Ich hoffe, Annas Mutter hat sich wieder so weit im Griff, dass sie uns helfen kann, den Jungen zu finden. Drei Nächte sind eine lange Zeit. Um diese Jahreszeit ist es schon eiskalt in der Nacht.«

»Vermutlich hab ich deshalb so ein ungutes Gefühl«, meint Svenja, während sie sich Mühe gibt, in der engen Straße umzukehren.

»Geht mir genauso. Falls der Junge tatsächlich bei

Anna war und in derselben Nacht verschwunden ist, als sie starb, gehe ich nicht von einem Zufall aus.«

* * *

»Oskar? Sie fragen mich, ob Oskar hier war?« Lisbeth Mertens trägt heute eine weit schwingende schwarze Leinenhose und einen schwarzen Kaschmirpullover dazu. Beides vermutlich der Trauer geschuldet.

Sophie nickt.

»Ständig. Er war ständig hier. Mindestens zweimal die Woche. Seit Ilvys Tod hatte er doch bloß noch Anna.«

»Was ist mit seiner Familie?«

»Pah. Familie. Ein Vater, der ihn durch Sonne, Mond und Sterne prügelt und 'ne Mutter, die nichts dagegen unternimmt. Das nennen Sie Familie?«

»Wenn die Verhältnisse so schlimm waren, warum haben Sie keine Anzeige erstattet?«

»Weil unser System so nicht funktioniert. Ich habs einmal gemacht. Da kam dann ein Kollege von Ihnen in 'ner frisch gestärkten Uniform und hat der Familie Fragen gestellt. Alle haben gemauert und in der Woche drauf kam der Kleine mit 'nem Gipsarm. Er hat mich angefleht, das nie wieder zu tun, weil er nicht in ein Heim will.«

»Mann . . .« Svenja schüttelt betroffen den Kopf. »Manch eine Kindheit dauert viel zu lange.«

»Das können Sie laut sagen«, bestätigt Lisbeth und mustert die Beamtin mit dem blonden Pferdeschwanz plötzlich interessiert. »Haben Sie mir den Ghulam geschickt?«

»Wie bitte?«

»Waren Sie gestern in Hamburg und haben mit meinem Freund gesprochen? Ghulam sagte, eine hübsche blonde Polizistin hätte ihm zu verstehen gegeben, dass er seinen Arsch nach Husum bewegen sollte. Um mir beizustehen . . .«

»Äh . . . ja, das war dann wohl ich.«

Lisbeth umarmt Svenja spontan. »Danke. Es bringt mir zwar meine Tochter nicht zurück, aber trotzdem . . . danke.«

»Wo ist er denn jetzt?« Sophie sieht sich um.

»Einkaufen.«

»Ah, das ist nett von ihm . . . warum wir eigentlich hier sind . . . könnte es sein, dass Oskar sich hier versteckt hält?«

»Hier im Haus?«

»Ja.«

»Ausgeschlossen. So groß ist es nicht, dass ich ihn nicht bemerken würde.«

»Dürfen wir uns umsehen?«

»Ja, aber ich möchte dabei sein«, stellt Lisbeth Mertens klar.

»Kein Problem. Beginnen wir mit dem Garten.«

»Okay. Wir haben 'ne große Scheune.«

»Gut. Das klingt doch nach einem Ort, an dem sich ein Zwölfjähriger vor seinem Vater verstecken würde«, meint Sophie.

26

Der Hauptkommissar mustert den Mann in dem verschmutzen Norwegerpullover, der ihm in Handschellen gegenübersitzt.

Er war nicht freiwillig mit aufs Revier gekommen, ganz in Gegenteil, Thomsen musste zwei Streifen bemühen, um ihn herzuschaffen.

Seitdem schnaubt er vor Wut und füllt den Vernehmungsraum mit seinem unangenehmen Körpergeruch. Von Kooperation keine Spur.

»Es geht um Ihren Jungen«, nimmt Thomsen einen weiteren Anlauf. »Das kann Ihnen doch nicht egal sein.«

»Das ist mein Junge, ganz genau. Also lassen Sie Ihre Pfoten von ihm und kümmern Sie sich um irgendeinen anderen Scheiß.«

»Ist er Ihretwegen abgehauen? Haben Sie ihn bedroht?«

»Ach? Das wollen Sie mir unterstellen? Hat meine Frau das behauptet?«

»Niemand hat das behauptet. Aber ich hab Augen im Kopf. Sie machen einen gewaltbereiten Eindruck. Wenn ich 'n kleiner Junge wäre, tät ich mich schon ängstigen.«

Karl Dirksen mustert den Hauptkommissar nun abschätzig.

»Das glaub ich. Ohne die hier«, er hält demonstrativ die Handgelenke hoch, die in Handschellen stecken, »würden Sie sich auch jetzt noch in die Hosen scheißen.«

Thomsen geht souverän darüber hinweg.

»Wir wissen, dass Sie bei Anna waren, was wollten Sie dort?«

»Quatsch. War ich nicht.« Dirksen schiebt die Unterlippe vor.

»Oh doch. Ihre Fingerabdrücke waren an der Flasche. Der Korn, Sie wissen schon . . .«

»Ach so, das . . . klar war ich irgendwann mal dort. Die waren ja befreundet, Anna und Ilvy, aber das ist schon ewig her.«

»Ist es nicht«, blufft Thomsen gekonnt. »Besagte Flasche war erst an jenem Freitag gekauft worden.«

Dirksens Augenlider flackern nun heftig.

»Deshalb«, setzt Thomsen triumphierend fort, »wissen wir ganz genau, dass Sie dort waren.«

»Bullshit! Sie wollen mir bloß etwas anhängen. Diese Spielchen kenne ich schon . . .«

»Ach ja? Ich verrate Ihnen was – Ihre Frau wird jetzt 'ne Weile gut schlafen. Hören Sie mir zu: Ich verhafte Sie wegen Mordes an Anna Mertens.«

»Was? Aber . . .«

Thomsen ist bereits bei der Tür, als Dirksen dämmert, dass er so schnell nicht mehr aus der Nummer rauskommt.

»Verdammt noch mal, was soll die Kacke?«, brüllt er wie von Sinnen.

Thomsen schließt die Tür hinter dem Tobenden und erteilt dem Beamten vor der Tür Instruktionen.

»Bewachen Sie den gut. Und geben Sie mir Bescheid, wenn er gesprächsbereit ist.«

»Klar.« Während der uniformierte Kollege dienstbeflissen an seine Kappe tippt, beginnt Thomsens Handy zu klingeln. Das Display zeigt *Kommissar Hinrichs.*

»Was gibts?«

»Die Autopsie ist vorbei.«

»Und? Irgendwelche Überraschungen?«

»Kann man so sagen. Anna war schwanger...«

»Das wissen wir schon. Sie hat es wegmachen lassen und deshalb Zoff mit ihrem Freund gehabt...«

»Nein, Chef. Sie hat es nicht wegmachen lassen, sie war im dritten Monat, als sie starb... verstehst du?«

Thomsen bleibt vor Überraschung am Gang stehen. Irgendetwas stimmt hier nicht. Und zwar gewaltig. In seinem Unterbewusstsein schellt eine Alarmglocke, die er nicht ignorieren kann.

Verdammt, er hat plötzlich so ein blödes Gefühl im Magen, als ob er etwas übersehen hat.

»Sonst nichts Neues«, berichtet Jasper weiter. »Keine Vergewaltigung, und auch mit der Todesursache und dem Todeszeitpunkt hat der Emmermann diesmal richtig gelegen... Chef? Alles okay?«

»Äh ja. Das war 'n wichtiger Hinweis. Ich muss jetzt nachdenken.«

Thomsen beendet das Gespräch und starrt den langen Gang entlang.

Lisbeth. Sie hatte ihm das gesagt. Mehr gelallt, aber dennoch. Sie wusste davon. Was hat sie noch gesagt?

Sie dürfen nicht alles glauben, Herr Kommissar!

27

Sie dürfen nicht alles glauben, Herr Kommissar. Immer und immer wieder hallen diese Worte in seinem Kopf nach. Doch sie überlagern eine andere Information. Eine wichtigere. Was hatte Lisbeth noch gesagt?

Mit schnellen Schritten eilt Thomsen den Gang entlang. Er muss sich die Aufnahme des Gesprächs anhören. Irgendetwas, das Lisbeth gesagt hat, verursacht plötzlich eine Gänsehaut.

In seinem Büro angekommen, stellt er das Gerät auf Wiedergabe.

»*Denken Sie bitte mal nach. Ist Ihnen an Ihrer Tochter etwas aufgefallen? Freitagmorgens, bevor Sie nach Hamburg gefahren sind?*«

»*Annas Aura war verändert, ich konnte sehen, dass sie stärker geworden war . . .*«

»*Aha. Mhm. Und als Sie heimkamen, haben Sie da vielleicht etwas bemerkt? Etwas, das anders war, ungewöhnlich vielleicht?*«

»*Der Tod war bereits satt.*«

»*Wie bitte?*«

»*Er hatte genug. Die Dicke konnte ich retten. Ihr Tod war*

nicht wichtig genug.«

»*Ich verstehe nicht . . .«*

Thomsen schaltet das Gerät wieder aus.

Der Tod war bereits satt. Aus irgendeinem Grund dachte Lisbeth, der Tod hätte Gelegenheit gehabt, Elsa zu holen, jedoch von ihr abgelassen. War das nur ein Hirngespinst aufgrund der Alkoholisierung oder war da tatsächlich etwas dran?

So oder so fällt ihm bei der Gelegenheit ein, dass die unglücklich verliebte Kunstschweißerin immer noch festsitzt. Ob sich das noch rechtfertigen lässt? Nachdem sie nun Kalle Dirksen festgenommen haben, der nicht nur eine eindeutige Vorgeschichte hat, sondern praktischerweise auch seine Fingerabdrücke am Tatort hinterlassen hat? Wohl kaum. Vielleicht kommt daher das blöde Gefühl in der Magengrube.

Er kratzt sich kräftig am Hinterkopf, was ihm hilft, eine Entscheidung zu treffen, und greift anschließend zum Hörer.

»Thomsen hier. Bringen Sie Elsa Schröder in den Vernehmungsraum, bitte. Ja, jetzt gleich.«

28

»Was hat Oskar gemacht, wenn er hier war?«, will Sophie von Lisbeth wissen, während sie die Scheune durchstöbert.

»Eigentlich nichts. Er ist bloß rumgehangen. Meistens hab ich ihm was zu essen angeboten, das war ihm am liebsten.«

»Dann waren Sie so 'ne Art Ersatzmutter für ihn?«

»Ja, vielleicht. Aber Anna noch mehr als ich. Sie und Ilvy waren unzertrennlich, schon seit der Kita. Ilvy war die meiste Zeit bei uns. Sie war jeden Tag hier, schon, um ihrem Vater aus dem Weg zu gehen. Der Kalle war damals schon gewalttätig. Als Oskar geboren wurde, waren die Mädchen bereits elf. Die haben ihn wie eine lebende Puppe in ihre Spiele integriert und ihn in seinem Buggy quer durchs Haus geschoben. Seit er laufen konnte, lief er ihnen hinterher. Als die beiden dann nach Hamburg gingen, brach für ihn eine Welt zusammen. So wie jetzt für mich.«

Lisbeth wischt sich traurig eine Träne aus dem Augenwinkel.

Sophie nimmt sie sanft am Arm.

»Die Scheune ist leer, gucken wir mal in den Schuppen.«

Lisbeth folgt Anna bereitwillig, während sie weiterspricht.

»Anna ist völlig zusammengebrochen nach Ilvys Tod. Sie musste wochenlang in eine Klinik und anschließend auf Reha.«

»Hat sie dort auch gleich einen Entzug gemacht?«

»Ja und nein. Die Ärzte dort gaben mir nicht alle Informationen, aber dass sie nicht richtig süchtig war, hab ich mitbekommen. Sie hatte 'n paar Mal Koks genommen, mehr nicht, da war nicht viel zu therapieren. Ihr Problem war die Schuld.«

»Die Schuld?«

»Ja, so hab ich es verstanden. Sie fühlte sich schuldig an Ilvys Tod. Und das ließ sie sich nicht ausreden.«

»Und war sie schuld?«

»Soweit ich weiß, nicht. Ilvy war in die Heroin-Szene abgerutscht. Sie war schwer süchtig. Ich denke, das hatte vielleicht mit ihrem schwierigen Elternhaus zu tun, aber Anna hat immer sich selbst die Schuld dafür gegeben.«

»Und Oskar?«

Sophie stößt die Schuppentür auf und leuchtet mit ihrer hellen Taschenlampe hinein.

»Der war unglaublich traurig, als die beiden nach Hamburg gingen. Und noch trauriger, als er von Ilvys Tod erfuhr. Er saß oft bei mir in der Küche. Es gab Abende, da weinten wir beide.«

»Wann kam Anna zurück?«

»Vor ungefähr zehn Monaten. Es war nicht leicht. Für uns beide. Ilvys Tod hatte sie verändert. Die Anna, die zurückkehrte, war ein psychisches Wrack. Zweimal die Woche fuhr sie zu Dr. Keilstrand, um ihre Ängste in den Griff zu bekommen. Und vor einem halben Jahr fing sie eine Beziehung mit Yannick an.«

»Hier ist er auch nicht«, stellt Sophie fest, nachdem sie in jeden Winkel gesehen hatte.

Lisbeth nickt. »Das dachte ich mir schon, wieso soll er sich draußen in der Kälte verstecken, wenn er auch bei mir im Warmen bleiben kann?«

»Tja, gute Frage«, muss Sophie eingestehen. »Können wir trotzdem noch im Keller nachgucken?«

»Klar.«

»Wie war das mit diesen Vaginas?«, fragt Svenja plötzlich, als sie die Treppe in den Keller hintersteigen.

»Was meinen Sie?«

»Die Skulpturen, die Anna anfertigte.«

»Ach die, ja, von denen hat sie immer wieder mal welche gemacht. Die haben sich recht gut verkauft.«

»Wie kommt man auf so etwas?«, fragt Sophie interessiert. »Ich wusste bis gestern nicht, dass solch ein Markt existiert.«

»Diese Skulpturen sprechen besonders Frauen an, die sich mit ihrem eigenen Körper auseinandersetzen und ja, ihre Vagina ein wenig aufwerten wollen. Sie hat aber auch Penisse gemacht.«

»Oha«, macht Svenja überrascht, während Sophie den Keller mit ihrer Lampe ausleuchtet. »Und wie hat sie ihre Kunden gefunden?«

»So genau weiß ich das nicht, aber es gab ein oder zwei Berichte in lokalen Zeitungen über Annas Skulpturen. Diese Geschlechtsteile waren aber nicht so häufig. Was sie am meisten verkaufte, waren Engel.«

»Haben Sie eine Idee, warum alle Skulpturen im

Atelier zerschlagen wurden?«

»Nein, und ehrlich gesagt, macht mir das Angst. Der Täter muss eine unglaubliche Wut gehabt haben. Er hat keine einzige Figur verschont gelassen.«

Sophie öffnet die Tür zum Heizungskeller. Doch auch hier wird sie nicht fündig.

»Gehen wir wieder hoch.«

»Ich kann so eine blinde Zerstörungswut überhaupt nicht verstehen, der Mensch, der das gemacht hat, muss völlig außer sich gewesen sein«, spricht Lisbeth weiter, als sie die Treppe wieder hochgehen.

»Fällt Ihnen da jemand ein?«

»Bloß der Kalle, Oskars Vater. Der ist bekannt dafür, dass er extrem jähzornig ist. Aber erstens hat der bei mir Hausverbot – und das weiß er auch – und zweitens, was sollte der für einen Grund haben, Anna etwas anzutun?«

»Lisbeth, ich muss Ihnen etwas sagen«, erklärt Sophie, nachdem sie wieder im Wohnbereich angekommen sind. »Kalle Dirksen war am Freitagabend da – in Annas Atelier. Wir haben seine Fingerabdrücke auf einer Flasche Korn gefunden – und was das Motiv betrifft, Sie sagten doch selbst, Anna gab sich die Schuld an Ilvys Tod. Vielleicht war sie nicht die Einzige . . .«

»Wollen Sie damit andeuten, der Kalle denkt, meine Tochter hätte Schuld! Wo Ilvy doch seinetwegen überhaupt erst weggelaufen ist. Das ist doch wirklich die Höhe!«

29

Der pummeligen Kunstschweißerin hat die Nacht in der Zelle nicht gutgetan. Ihre Haut sieht käsig aus und ihre Haare sind so strubbelig, dass sie auch ohne Zöpfchen über den Ohren abstehen.

»Herr Kommissar, lassen Sie mich gehen, bitte. Ich erzähl Ihnen, was Sie wollen. Aber ich habe nichts getan, und Sie halten mich hier unschuldig fest.«

Thomsen signalisiert Gesprächsbereitschaft.

»In Ordnung. Unterhalten wir uns. Lisbeth Mertens hat erwähnt, sie hätte Ihnen das Leben gerettet.«

»Ach, ist das so?« Elsa blickt verwirrt auf.

»Stimmt es nicht? Es geht um den Samstagmorgen, als sie gemeinsam die Leiche fanden. Hat Lisbeth Sie da beschützt oder nicht?«

»Ach, das meinen Sie. Ja, sie hat mich an der Jacke zurückgerissen.«

»An der Jacke gerissen?«

»Ja.«

»Erzählen Sie mir das ganz genau«, verlangt Thomsen und verstärkt diese Aufforderung durch einen eindringlichen Blick.

Elsa runzelt die Augenbrauen und verschränkt die

Arme vor der Brust.

»Ich wüsste nicht, inwiefern das von Interesse ist, aber okay: Wir haben geläutet und an die Fenster geklopft, doch Anna machte uns nicht auf. Also gingen wir um das Haus herum, um auf der Terrasse nachzusehen. Aber Sie wissen ja, wie chaotisch der Garten hinterm Haus bei den Mertens ist. Da steht so viel landwirtschaftliches Zeugs von früher rum, außerdem Hochbeete, Schubkarren und was weiß ich noch alles . . . jedenfalls war da plötzlich ein Loch.«

»Ein Loch?«

»Nun, ein Schacht eben, keine Ahnung wofür. Könnte schon sein, dass ich da reingestolpert wäre, wenn die Lisbeth mich nicht zurückgerissen hätte. Aber so eine große Nummer war das nun auch nicht. Sie hat einfach 'ne Abdeckung drüber gezogen und dann sind wir . . .«

»Moment!« Thomsen, plötzlich aufgewühlt bis auf die Knochen, greift zu seinem Handy.

»Meerkatz? Es gibt einen Schacht auf dem Grund, der Freitagnacht nicht abgedeckt war.«

* * *

Sophies Stimme klingt ein wenig schrill, als sie sich nach dem Gespräch mit ihrem Chef wieder der Hausherrin zuwendet.

»Frau Mertens, gibt es in ihrem Garten einen Schacht?«

»Ja, aber da liegt 'ne Abdeckung drüber . . .«

»Zeigen Sie mir den«, unterbricht Sophie und ihr Befehlston irritiert Lisbeth enorm – bis plötzlich der Groschen fällt.

»Oh mein Gott, befürchten Sie, dass Oskar . . . das kann nicht sein!«

Panisch läuft sie zur Terrassentür, reißt sie auf und stürmt hinaus. Im Garten, zwischen einem Hochbeet und einer vollen Schubkarre, stoppt sie so abrupt, dass Sophie und Svenja, die ihr gefolgt sind, auflaufen.

Lisbeth zerrt nun ein quadratisches Stück Metall beiseite.

»Oskar?«, ruft sie in den Schacht. »Oskar?«

Alle halten gebannt den Atem an, doch es bleibt still. Sophie richtet den Strahl ihrer Taschenlampe in die Öffnung.

»Ist ganz schön tief«, murmelt sie.

»Siehst du was?«, fragt Svenja atemlos.

»Ich bin nicht sicher. Ich muss näher ran.«

Sie legt sich nun mit dem Bauch auf die Erde, um ihr Gesicht möglichst nah an den Schacht zu bringen.

Mit dem Lichtstrahl tastet sie erneut Wände und Boden des Schachts ab.

»Verdammt«, flucht sie. »Ich sehe hier eindeutig Beine, die in Jeans stecken.«

30

Thomsen geht unruhig im Vernehmungsraum auf und ab. Seit dem Telefonat mit der Meerkatz kann er keine Sekunde mehr ruhig sitzen.

»Sie denken, Oskar ist in dieses Loch gefallen?« Elsa streicht mit ihren wulstigen Fingern über ihr strubbeliges Haar. Ihr Blick ist besorgt.

»Was wissen Sie über den Jungen?«

»Nichts. Bloß, dass er Ilvys Bruder ist und ständig bei Anna und Lisbeth rumhängt. Was nicht verwunderlich ist, bei diesem Vater.«

»Sie kennen Kalle Dirksen?«

»Nicht persönlich, aber was man so hört, ist er kein angenehmer Mensch.«

»Mhm. In Ordnung. Frau Schröder, Sie können jetzt gehen. Aber halten Sie sich zu unserer Verfügung. Das heißt, bleiben Sie in jedem Fall erreichbar, wenn Sie sich nicht wieder verdächtig machen wollen.«

»Natürlich.« Elsa steht erleichtert auf. »Und was ist mit Yannick?«

Yannick Koopmann. Thomsen verzieht das Gesicht. Was den Freund der Toten betrifft, ist er äußerst skeptisch. Etwas in ihm sträubt sich, ihn in die Freiheit zu entlassen, obwohl derzeit alles auf Kalle Dirksen hindeutet.

»Wir werden sehen«, brummt Thomsen unverbindlich und verabschiedet sich.

Auf dem Weg zurück ins Büro kommt endlich der ersehnte Rückruf.

»Meerkatz! Gott sei Dank! Was . . .«

»Der Junge ist tatsächlich in den Schacht gefallen.«

»Verdammt. Wie geht es ihm? Lebt er?«

»Wir wissen es nicht. Er reagiert nicht. Rettung und Feuerwehr sind bereits unterwegs.«

»Ach du meine Güte! Ich informiere die Mutter und komme mit ihr hin.«

* * *

Auf der Fahrt zu Lisbeth Mertens Haus dreht sich Thomsen mehrmals zu den beiden Frauen im Fonds des Wagens um. Er ist Maike dankbar, dass sie für heute alle ihre Kundentermine abgesagt hat und stattdessen Oskars Mutter begleitet. Klara Dirksen ist sichtlich mit ihren Nerven am Ende. Sie zittert so sehr, dass ihr sogar das Sprechen schwerfällt.

Als er in die Süderstraße einbiegt, traut er seinen Augen kaum. Zwei Feuerwehrautos, ein Ambulanzwagen und drei Polizeifahrzeuge blockieren die Zufahrt. Wie bei einem solchen Großereignis nicht anders zu erwarten, sind auch alle Anwohner der

Gegend auf der Straße versammelt.

Als er hinter sich den ersten Übertragungswagen eines Fernsehsenders entdeckt, parkt er seinen Landrover quer über beide Spuren, um zu verhindern, dass der Wagen mit dem monströsen Parabolspiegel auf dem Dach noch näher ans Haus gelangt.

Maike reagiert irritiert auf sein Manöver.

»Was ist los?«

»Das Fernsehen«, knurrt Thomsen.

»Oh Mann, die sind aber fix.« Sie zieht ihre Jacke aus und reicht sie Klara. »Zieh die beim Aussteigen über den Kopf, wenn du nicht willst, dass sie dein verheultes Gesicht filmen.«

* * *

Lisbeth Mertens brüht für die verzweifelte Mutter frischen Tee auf.

»Ich will zu meinem Jungen! Die sagen mir nicht einmal, ob er noch lebt.« Klara presst ihr Gesicht gegen das Fenster. »Von hier aus kann ich kaum etwas sehen.«

»Ich weiß, aber du musst jetzt tapfer sein. Sie bergen ihn gerade, und da darfst du sie nicht dabei stören.«

»Das ist alles bloß passiert, weil ich so eine schlechte Mutter bin«, heult Klara.

»So darfst du nicht denken«, versucht Maike sie zu trösten und drückt ihre zitternde Hand.

»Doch. Darf sie«, mischt Lisbeth sich ein und ihre Stimme klingt hart, angesichts der Situation. »Weil es die Wahrheit ist, und für die Wahrheit gibt es keinen falschen Zeitpunkt.«

»Aber . . .«, beginnt Maike und sieht die Gastgeberin verunsichert an.

»Nee, ohne *aber*. Die Klara ist die schlechteste Mutter, die ich kenne. Und das muss man auch mal sagen dürfen.« Sie wendet sich nun direkt an die Frau, die um das Leben ihres Sohnes bangt. »Ich finds gut, dass du zu dieser Einsicht gelangt bist. Wärst du früher draufgekommen, hätt der Kleine sich viel Leid erspart. Und Ilvy auch. Das wollte ich dir schon lang mal sagen. Deine Feigheit und deine Unterwürfigkeit haben die Hölle für deine Kinder überhaupt erst möglich gemacht.«

»Jetzt ist's aber genug«, geht Maike dazwischen. »Das ist jetzt nicht der richtige Zeitpunkt für Vorwürfe. Die Klara ist ohnehin schon mit den Nerven am Ende . . .«

»Doch, Maike, doch«, schnieft Klara. »Die Lisbeth hat recht. Mit allem. Was mit meinen Kindern passiert ist, ist meine Schuld. Ich habe zugelassen, dass Kalle . . . oh mein Gott«, schreit sie plötzlich auf. »Sie haben ihn!«

Sie stürmt an Maike vorbei zur Terrassentür in den Garten, wird dort jedoch von Thomsen geblockt.

Er hält sie an den Schultern fest.

»Sie dürfen die Rettungskräfte jetzt nicht behindern. Diese Leute tun alles, um Ihren Jungen zu retten.«

Klara zittert nun am ganzen Körper, und zwar so schlimm, dass ihr Kiefer klappert. Maike, die ihr hinterhergelaufen ist, legt ihr eine Decke um die Schultern und reibt ihr die Oberarme warm.

»Wir müssen jetzt hoffen. Wir können auch beten, wenn du magst.«

* * *

»Meerkatz, wie ist der Stand?«

Nachdem der Rettungswagen mit Blaulicht und Martinshorn abgerauscht ist, hat Thomsen seine Leute in die Scheune gelotst, um einen kurzen Austausch zu ermöglichen.

»Die Rettungskette war beispielhaft«, berichtet Sophie. »Taako hat nach meinem Anruf sofort Bergungsspezialisten organisiert und die haben echt einen tollen Job gemacht.«

»Wird der Junge durchkommen?«

»Lässt sich noch nicht sagen. Sein Herz schlägt noch, aber er ist nicht bei Bewusstsein. Er ist extrem unterkühlt und hat einige Brüche erlitten. Über seine inneren Verletzungen kann man noch nichts sagen. Der Notarzt meinte, es sieht insgesamt nicht gut aus.«

»Oh Mann, welch ein Albtraum«, spricht Jasper aus, was alle denken. »Da stürzt du so schlimm und keiner hilft dir. Tagelang.«

Svenja wendet sich verschämt ab und wischt sich eine Träne aus dem Augenwinkel. Thomsen legt ihr einen Arm um die Schulter.

»Wir machen weiter. Jetzt mit noch mehr Einsatz. Svenja und Jasper, ihr vernehmt alle, die sich vor dem Haus auf der Straße tummeln, Meerkatz, du übernimmst die, die bei all der Aufregung lieber in ihren Häusern bleiben, und ich bleibe an Klara Dirksen und Lisbeth Mertens dran.«

31

Sophie klopft an eine Tür nach der anderen, ohne große Hoffnung, dass ihr jemand öffnet. Wer zu Hause war, ist nun auf der Straße, um mit seinen Nachbarn die neuesten Informationen auszutauschen.

Ausgerechnet vor Hark Riewerts' Haus hört sie auf ihr Klopfen hin schlurfende Schritte. Der Mann, der ihr von einigen Aussagen als Porträtmaler bekannt ist, war bis dato jeder Befragung durch Abwesenheit entgangen. Sie klopft stärker.

»Ich komme ja schon.«

Mit einem unwirschen Gesichtsausdruck öffnet ein ungefähr vierzig Jahre alter Mann die Tür. Äußerlich hat er ein wenig Ähnlichkeit mit George Clooney, als jener noch jünger war, doch sein grimmiger Gesichtsausdruck lässt ihn nicht sympathisch wirken.

»Oberkommissarin Meerkatz, Kripo Husum, wir ermitteln im Mordfall Anna Mertens«, stellt sie sich vor.

»Aha. Und was wollen Sie von mir?«

»Vielleicht haben Sie ja etwas bemerkt?«

»Hab ich nicht«, erwidert er kurz angebunden und setzt dazu an, seine Tür wieder zu schließen.

»Bitte.« Sophie drückt mit ihrer Hand dagegen. »Nur ein paar kurze Fragen. Andernfalls muss ich Ihnen eine Vorladung schicken«, fügt sie listig hinzu.

»Meinetwegen«, gibt er nach. »Kommen Sie rein.«

Sophie folgt ihm in sein Atelier und wird sofort von den Bildern, die dort hängen, in Bann gezogen. Diese Porträts leben. Sie hat sogar das Gefühl, von den Augen der Gesichter verfolgt zu werden, während sie durch den Raum geht.

Riewerts setzt sich an einen Tisch, der in der dunkelsten Ecke des Raumes steht und fordert sie mit einer Geste auf, ebenfalls Platz zu nehmen.

»Was wollen Sie wissen?«

»Nun, Sie wohnen in unmittelbarer Nähe der Mertens, ist Ihnen Freitagabend etwas aufgefallen?«

»Nein. Und mir ist auch an all den anderen Abenden nichts aufgefallen.«

»Sie sind jeden Abend zu Hause?«

»Nein, auch ich gehe hin und wieder aus und treffe mich mit Freunden. Aber am Freitag war ich hier.«

»Allein?«

»Im Wesentlichen.«

»Wie soll ich das verstehen? Wenn jemand bei Ihnen war, würde Sie das sofort entlasten.«

»Bin ich denn verdächtig?«

»Nach dem Stand der Dinge trifft das auf alle Personen zu, die mit Anna Mertens zu tun hatten und kein Alibi vorweisen können.«

»Ach. Und was hatte *ich* mit Anna Mertens zu tun?«

»Sagen Sie's mir. Bis jetzt weiß ich nur, dass Sie nicht gut auf Ihren Kollegen Yannick Koopmann zu sprechen sind.«

»Kollege, von wegen!«, blafft Riewerts. »Mit 'nem

Stümper muss ich mich nicht unbedingt vergleichen lassen.«

»Mir gefallen seine Werke eigentlich recht gut.«

»Frau Kommissarin, jetzt enttäuschen Sie mich aber. Wollen Sie diese primitive Kleckserei wirklich mit Kunst vergleichen?«

Er steht auf, macht zwei Schritte in den Raum und breitet die Arme aus.

»Sehen Sie sich um. Das ist Können. Hier sehen Sie Talent und Erfahrung vereint – nur so können wirkliche Meisterwerke entstehen.«

An Selbstbewusstsein mangelt es ihm nicht, denkt Sophie, während sie seiner Aufforderung nachkommt und seine Werke interessiert betrachtet.

»Ist das Oskar?«, fragt sie plötzlich, als sie ein Bild entdeckt, auf dem ein kleiner Junge abgebildet ist, der mit traurigen Augen neben einer leeren Bierflasche hockt. Dieses Bild verkörpert das Verlassen-Worden-Sein so drastisch, dass ihr eine Gänsehaut über den Rücken läuft.

Riewerts nickt grimmig.

»Damals war er sieben. Die Mädchen gingen fort und er blieb allein zurück. Das Leben kann brutal sein.«

»Wow.« Sophie kann sich der Faszination des Bildes nur schwer entziehen. »Haben Sie mitbekommen, dass der Junge bei den Mertens in einen Schacht gestürzt ist?«

»Nein. Sind deshalb alle auf der Straße?«

»Ach, das wissen Sie also?«

Riewerts bedenkt Sophie mit einem tadelnden Blick.

»Mein Haus hat Fenster – aber ich bin keiner, der neugierig um die Ecke kommt. Ist er verletzt?«

»Ja. Sehr schwer. Wir wissen noch nicht, ob er

überlebt. Er stürzte bereits in der Nacht von Freitag auf Samstag. Deshalb ist es so wichtig für mich zu wissen, ob Ihnen etwas aufgefallen ist.«

»In derselben Nacht, in der Anna starb?« Riewerts legt seine Stirn in Falten.

»Ja. Können Sie sich an etwas erinnern, das uns weiterhilft?«

»Nein.«

»Sicher?«

»Sicher. Ich wohn ja nicht gegenüber. Und wenn, hätt ich auch nichts gesehen. Ich hab gemalt und nicht aus dem Fenster geguckt.«

»Okay.« Sophie reicht ihm ihre Visitenkarte. »Danke für die Auskunft.«

An der Tür dreht sie sich noch mal um.

»Haben Sie auch Anna gemalt, irgendwann?«

»Ja. Hab ich.«

»Darf ich das Bild sehen?«

»Warum nicht?«

Er geht in einen Nebenraum und sie kann hören, dass er etliche Leinwände umstellt. Kurz darauf kommt er mit einem Gemälde zurück, dass zwei Mädchen in inniger Umarmung zeigt. Das Mädchen mit dem langen seidig-blonden Haar, das ihr bis zur Hüfte reicht, hat kaum Ähnlichkeit mit der toten jungen Frau, die sie vor zwei Tagen gesehen hat. Ihre tiefblauen Augen strahlen nicht bloß, sie leuchten vor Glück. Sie blickt nicht den Maler an, sondern ein Mädchen mit dunklem Haar und blassblauen Augen, um das sie ihre Arme geschlungen hat. Der Blick, mit dem sie ihre Freundin ansicht, sagt alles.

»Ist das Ilvy?«, fragt Sophie.

Riewerts nickt bloß.

»Die beiden waren ein Paar?«

»Wussten Sie das nicht?«

»Nein. Niemand hat das bisher erwähnt. Ich dachte, die beiden wären bloß Freundinnen gewesen. Schließlich war Anna vor ihrem Tod ein halbes Jahr mit Yannick zusammen.«

»Dachte er.«

»Wie bitte?«

»Ich hab schon zu viel gesagt.«

»Das ist eine Mordermittlung, da können Sie gar nicht zu viel sagen. Raus damit – was lief da wirklich zwischen Anna und Yannick?«

»Okay. Aus seiner Sicht nicht genug. Er wollte mit ihr zusammen sein, ihr helfen, ihr Leben retten, Sie wissen schon . . . aber sie war nicht der Typ für so viel Nähe. Nicht nachdem, was mit Ilvy passiert ist.«

»Woher wissen Sie das? Hat Anna mit Ihnen gesprochen?«

»Manchmal. Nicht oft, aber ab und an kam sie vorbei. Dann redeten wir stundenlang.«

»Hatten Sie auch eine sexuelle Beziehung?«

»Nee, das nicht. Da waren wir nicht kompatibel genug. Ich steh drauf, wenn Frauen mich anmachen, aber Anna war eine Frau, die ihre Gefühle und Bedürfnisse nicht zeigte.«

Sophie erinnert sich an das Gemälde.

»Außer bei Ilvy.«

Zum ersten Mal blitzt in Riewerts Gesicht ein Lächeln auf.

»Das haben Sie gut erkannt.«

* * *

»Niemand hat etwas gesehen, das uns weiterhilft«, motzt Svenja, nachdem Sophie zu Lisbeth Mertens' Haus zurückgekehrt ist.

»Alle gaffen ständig, aber keiner weiß was«, beschwert sich auch Jasper.

Thomsen ist mit dem Fortschritt der Ermittlungen ebenfalls unzufrieden.

»Ich muss gestehen, ich komme bei Lisbeth Mertens auch nicht weiter«, murrt er frustriert, »obwohl sie heute nüchtern ist. Und die Mutter des Jungen ist völlig durch den Wind. Ich habe sie ins Krankenhaus bringen lassen. Dort kann sie auf Nachrichten warten und unter ärztlicher Kontrolle ist sie auch.«

»Anna und Ilvy waren ein Paar«, sagt Sophie, als ihr Chef endlich Luft holt.

»Nee, oder?« Svenja reißt die Augen auf.

Auch Jasper ist verblüfft. »Aber, sie war doch mit Yannick . . . und der ist doch ein Mann . . .«

»Manche Menschen ändern eben ihre Neigungen«, brummt Thomsen, der sich seine Überraschung nicht anmerken lässt.

»Ich weiß noch nicht, welche Rolle das für den Fall spielt, aber ich glaube, dass diese Info wichtig ist«, ergänzt Sophie. »Ich hab so ein Gefühl, dass ihr Tod mehr mit ihrer Vergangenheit zu tun hat, als mit der Gegenwart.«

»Das verstehe ich jetzt nicht«, gibt Jasper offen zu.

»Ganz verstehe ich es selbst nicht«, räumt Sophie ein. »Aber ich denke, wir müssen mehr über ihre Zeit mit Ilvy herausfinden.«

»Wenn ich mich recht erinnere, hast du ohnehin für heute Abend die Befragung mit ihrem Therapeuten ausgemacht«, erwidert Svenja.

»Richtig, wie hieß der noch?«, hakt Thomsen nach.

»Keilstrand.«

»Genau. Dr. Keilstrand. Weißt du was, Meerkatz, da komme ich mit.«

32

Benjamin Keilstrands Praxis wirkt luxuriöser, als Sophie es vermutet hätte. Die edlen Holzböden, die teuren Teppiche, die bequemen Designermöbel und die großen exotischen Pflanzen vermitteln insgesamt ein Ambiente, in dem Geld keine Rolle zu spielen scheint.

Auch Thomsen scheint beeindruckt zu sein. Wann immer Sophie zu ihrem Chef hinüberblickt, betrachtet er einen Teil des Interieurs.

»Schön haben Sie es hier.«

»Danke. Einer der wenigen Vorteile meines Berufes ist, dass sich Wohn- und Praxisräumlichkeiten gut vereinen lassen. Da lohnt es sich, in eine erstklassige Ausstattung zu investieren.« Dr. Keilstrand rückt mit unverhohlenem Stolz seine Designerbrille zurecht. »Einen Tee, vielleicht?«

»Danke gern«, erwidert Thomsen und betrachtet ein wenig neidisch die exotische Fächerpalme in dem kniehohen goldenen Übertopf, die dem Raum eine ganz besondere Note verleiht.

»Seit wann war Anna Mertens bei Ihnen in Therapie?«, fragt Sophie, nachdem sie auf bequemen

Sitzmöbeln im Besprechungsraum Platz genommen haben.

»Seit ungefähr zehn Monaten. Sie war zuvor stationär in einer Hamburger Klinik in Behandlung und nachdem sie zu ihrer Mutter nach Husum gezogen war, setzte sie bei mir die Behandlung fort. Sie kam zweimal die Woche, jeweils eine Stunde.«

»Und was war ihr Problem?«, will Thomsen wissen.

»Sie litt unter einer generalisierten Angststörung. Das bedeutet, dass niemand, nicht einmal sie selbst, sagen konnte, wovor sie eigentlich genau Angst hatte.«

»Und wie wirkte sich das aus?«, hakt Sophie nach.

»Nun, Betroffene verspüren meist eine gewisse Rastlosigkeit. Sie sind nervös. Angespannt. In manchen Phasen wird der Zustand schlimmer, es kommt zu Herzrasen, Zittern und Schwindel, manchmal auch zu Atemnot. Diese Panikattacken sind für die Patienten sehr schwer zu kontrollieren, oftmals gar nicht, sodass sich in manchen Fällen auch eine Angst vor der Angst entwickelt.«

»Und wie durchbricht man so eine Spirale?«

»Das ist gar nicht so leicht. Die Betroffenen kämpfen oft Jahre dagegen an. Manche wollen sich der Ursache ihrer Ängste stellen, andere wollen lieber Methoden erlernen, mit denen sie ihre Gedanken und Ängste steuern können.«

»Und wie verlief Annas Therapie?«

»Nun, Anna war eine Person, die nur langsam Fortschritte machte. Sie war nicht sehr konsequent und hatte immer wieder mit Rückfällen zu kämpfen. Insgesamt war sie jedoch auf einem recht guten Weg.«

»Nahm sie Antidepressiva?«

»Nein. Die hat sie abgelehnt. Obwohl ich sie ihr

mehrmals empfohlen hatte.«

»Auch jetzt noch?«, hakt Thomsen nach.

»Wie auch jetzt noch?«

»In der Schwangerschaft sind solche Medikamente doch umstritten, nicht wahr?« Mit verengten Augen mustert er den Therapeuten.

»In der Schwangerschaft . . . ja, richtig, da muss man sich das Präparat genau ansehen . . .«, stimmt Keilstrand zu.

»Hat Anna Ihnen verraten, von wem das Kind ist?«, fragt Sophie plötzlich.

»Äh . . . das hab ich sie nicht gefragt, sie war schließlich in Beziehung . . .«

»Kennen Sie auch ihren Freund persönlich?«

»Nein, Anna nahm ihre Termine immer allein wahr. Und sie kam immer mit dem Auto. Das Autofahren hat ihr keine Angst bereitet, in ihrem Auto fühlte sie sich sicher.«

»Hat sie jemals erwähnt, dass sie vor einer bestimmten Person Angst hatte?«

»Nein, niemals.«

»Wer war die wichtigste Person in Annas Leben?«, will Thomsen nun wissen.

»Ich vermute, ihr Freund und ihre Mutter gleichermaßen. Mit dem einen hatte sie eine Beziehung, bei der anderen wohnte sie.«

»Über wen hat sie am meisten gesprochen?«

»In den Gesprächen ging es mehr um ihre Ängste und weniger um Personen.«

»Wie war die Beziehung, die sie mit Yannick führte?«

»Soweit ich das beurteilen kann, gab er ihr einerseits Kraft und Sicherheit, schränkte sie aber andererseits auch ein. Er war wohl mehr von der eifersüchtigen

Sorte. Aber das ist bloß so ein Gefühl.«

»Eifersüchtig auf wen? Auf Hark Riewerts vielleicht?«, fragt Sophie nach.

»Hark Riewerts, wer soll das sein?«

»Ein Maler aus derselben Siedlung. Sozusagen ein Rivale von Koopmann.«

»Ach so, nun, den kenne ich nicht. Anna hat ihn nicht erwähnt.«

»Auf wen war Koopmann dann eifersüchtig?«, wird Thomsen konkret.

»Ich kann Ihnen leider niemand Bestimmten nennen. Alles, was ich Ihnen sagen kann, ist, dass ich bei meinen unzähligen Gesprächen mit ihr den subjektiven Eindruck gewonnen habe, dass sie immer wieder unter der Eifersucht ihres Freundes litt.«

»Erzählen Sie uns von Annas Beziehung mit Ilvy«, verlangt Thomsen nun und beugt sich gespannt vor.

»Natürlich . . . aber, äh, da gibt es nicht viel zu erzählen. Ilvy starb vor über einem Jahr und wir arbeiteten daran, mit der Gegenwart klarzukommen.«

»Wussten Sie, dass die Mädchen eine Liebesbeziehung hatten?«, setzt Thomsen nach.

»Selbstverständlich. Doch es ist nicht ungewöhnlich, wenn junge Menschen ihre sexuellen Präferenzen ändern.«

»Hm, ja, dachte ich mir auch.« Thomsen erhebt sich und reicht dem Therapeuten die Hand. »Danke für das informative Gespräch.«

Auch Sophie verabschiedet sich.

»Gern geschehen.« Dr. Keilstrand geleitet die Ermittler höflich zur Tür.

Schon halb draußen, dreht sich Thomsen noch einmal um.

»Eine Frage hätte ich noch. Stimmt es, dass Sie mit Dörte Busch ein sexuelles Verhältnis haben?«

»Äh . . . ich weiß nicht, was das hier zur Sache tut, aber ja, wir treffen uns hin und wieder . . .« Der Therapeut sieht nun irritiert zwischen den Ermittlern hin und her.

»Danke.« Thomsen hebt die Hand zum Abschied. »Einen schönen Abend noch.«

33

Auf dem Heimweg dreht Sophie die Freisprecheinrichtung ihres Wagens an, in der Hoffnung, dass ihre beste Freundin Zeit für ein kurzes Schwätzchen hat. Sie hat Glück, denn Alex hebt nach dem zweiten Läuten ab.

»Hi meine Liebe, was läuft in Husum?«
»Irgendwie alles aus dem Ruder.«
»Ach? Immer noch Schwiegermutter-Troubles?«
»Nein, das nicht. Sie ist gestern abends wieder heimgefahren.«
»Was ist es dann?«
»Ich glaube, ich habe was mit Enno angefangen.«
»Mit Jaspers Halbbruder?«
»Ja. Du weißt, wir hatten immer wieder mal diese On-off Geschichte und gestern . . . Mann, ich hab echt 'ne Menge von dieser göttlichen Bowle gekippt. Viel zu viel. Und nun poppen ständig diese Flashbacks auf. Von seinen Augen, die unglaublich nah waren, mit diesen Wahnsinns-Wimpern, die mich immer schon verrückt machten . . . und seinen Küssen, von denen ich nicht genug bekommen konnte und . . .«

»Und was?«, fragt Alex neugierig nach.

»Und nichts hoffentlich. Ich weiß, wir haben viel Zeit auf der Terrasse verbracht, aber irgendwie hab ich auch so etwas wie einen Filmriss.«

»Wie bist du denn heimgekommen?«

»Svenja hat mir ein Taxi organisiert.«

»Und weiter?«

»Nichts weiter. Jetzt weiß ich nicht, was ich Taako sagen soll. Ich bin so wütend, dass mir das gerade jetzt passieren muss, nachdem wir zusammengezogen sind.«

»Ja, blöd. Und wenn du einfach nichts sagst? Enno wird es ihm wohl nicht erzählen.«

»Das stimmt. Aber genau so eine Beziehung will ich nicht. Es hat mir gefallen, keine Geheimnisse zu haben, und ich liebe diese Vertrautheit, die sich zwischen uns entwickelt hat.«

»Dann sags ihm.«

»Ja, das fühlt sich richtiger an. Wenn ich bloß wüsste, was genau passiert ist . . . ich kann mich nur noch an die Küsse erinnern. Und die hatten's in sich.«

»Mach dir nicht allzu viele Sorgen. So scheißkalt und windig, wie es bei euch oben an der Küste ist, wird nicht viel mehr passiert sein.«

Sophie muss lachen.

»Punkt für dich.«

»Und sonst? Was macht dein Fall?«

»Der ist ziemlich belastend. Wir haben hier 'nen Zwölfjährigen, der in einen Schacht gestürzt ist und schwer verletzt drei Tage dort lag, weil seine Mutter sich nicht zur Polizei getraut hat.«

»Oh Mann, wie traurig . . . häusliche Gewalt?«

»Ja. Scheint so. Der Vater ist einschlägig vorbestraft. Offenbar hat er unser Opfer getötet, und sein Sohn hat dabei zugesehen und ist geflüchtet. Dabei ist er wohl in den Schacht gestürzt.«

»Das ist echt tragisch. Aber was ist das überhaupt für ein Schacht, und warum war der nicht abgedeckt?«

»Tja, das ist eine berechtigte Frage und das werden wir morgen alles aufarbeiten. Heute war so eine Aufregung wegen der Rettungsaktion, dass wir es kaum zum Therapeuten geschafft haben.«

»Wer ist *wir*?«

»Der Rüde und ich.«

»Ihr wart beim Therapeuten?«, kichert Alex. »Macht ihr jetzt 'ne Paartherapie?«

»Witzig«, knurrt Sophie, muss dann aber doch schmunzeln. »Das würde mir gerade noch fehlen.«

Blickst du zu lange in einen Abgrund,
blickt der Abgrund irgendwann in dich

Friedrich Nietzsche

DIENSTAG

34

Das Röcheln der Kaffeemaschine hat etwas Beruhigendes an sich. Sophie lehnt müde an dem Regal gegenüber, den leeren Kaffeepott spielerisch in ihren Händen drehend.

Die Nacht war anstrengend gewesen. Von Durchschlafen keine Rede. Stattdessen Wachliegen mit Grübeleien. Der gemeinsame Abend mit Taako kam einem Eiertanz gleich. Die traute Zweisamkeit, die sie sonst immer so genossen hatte, wollte sich nicht einstellen. Sie lauerte auf eine Gelegenheit, sich mit ihm auszusprechen, und die kam nicht. Hauptsächlich, weil er und sein Team an der Rettungsaktion des Jungen beteiligt gewesen waren und diese Tragödie alles andere überschattete. Vielleicht redete sie sich das aber auch bloß ein, weil sie in Wahrheit vor dem klärenden Gespräch zurückschreckte.

Während sie dabei zusieht, wie der Kaffee in die Kanne tröpfelt, wartet sie darauf, dass die intensive Auseinandersetzung mit dem Fall die quälenden privaten Grübeleien überlagert.

»Du siehst aber grummelig drein.« Svenja gesellt sich

mit strahlendem Lächeln zu ihr in die Küche.

»Auf Wolke sieben ist nicht Platz für jeden«, gibt Sophie zurück.

»Da hast du recht«, stöhnt Jasper, der eben zur Tür hereinkommt und begehrlich Richtung Kaffeekanne schielt. »Bei uns daheim ist das Leben wie in einer Wartehalle. Du weißt, dass bald was Tolles passiert, etwas unglaublich Großes, das dein Leben total verändert, und du kannst es nicht mehr erwarten, dass es endlich eintritt. Gleichzeitig hast du Schiss, dass alles Mögliche schiefgehen kann, und du dann vor den Trümmern all deiner Träume stehst.«

Sophie starrt ihn überrascht an.

»Wow. So poetische Worte sind wir von dir gar nicht gewohnt«, erwidert Svenja nicht minder verblüfft. Plötzlich kichert sie. »Da hat die Dörte Busch wohl ganze Arbeit geleistet.«

Jasper verzieht das Gesicht. »Hör bloß mit dieser Gedichteschreiberin auf. Die war einfach nur zum Fremdschämen.«

Er greift zur Kaffeekanne, schenkt aber seinen Kolleginnen – ganz Gentleman – zuerst ein. Svenja füllt anschließend noch eine Tasse für den Chef.

»Was ich eigentlich sagen wollte, ist, dass mir diese Warterei schon massiv an die Nieren geht . . .«, motzt Jasper, als sie sich um den Besprechungstisch im Büro des Chefs versammeln.

Thomsen nimmt seine Tasse Kaffee von Svenja in Empfang und übernimmt den Vorsitz.

»Geht mir auch so«, grummelt er. »Jedes Mal, wenn ich in dem verdammten Krankenhaus anrufe, heißt es, sie können mir noch keine Auskunft geben.«

»Äh . . . die Billi ist doch noch gar nicht . . .« Jasper

streicht sich irritiert über seine kahle Stelle am Hinterkopf.

»Unser Chef spricht von Oskar, nicht wahr?«, bemüht sich Svenja zu vermitteln.

»Klar«, brummt jener. »Wovon sonst? Der Junge kämpft dort um sein Leben und wir wissen immer noch nicht, ob er es schaffen wird.«

»Oh«, macht Jasper betreten, und auch Sophie fühlt sich plötzlich schuldig, weil sie ihren privaten Problemen so viel Raum gibt, anstatt auf Hochdruck denjenigen zu suchen, der dem Zwölfjährigen so viel Leid angetan hat.

»Was war das überhaupt für ein fieses Loch?«, will Svenja nun wissen. »So mitten im Garten.«

»Ein alter Brunnenschacht«, erwidert Sophie. »Ungefähr sieben Meter tief. Wasser ist schon lange keines mehr drin, aber zugeschüttet hat ihn eben auch niemand. Üblicherweise ist er mit einer Platte abgedeckt.«

»Hat dir das Lisbeth erzählt?«

»Nein, Taako. Er hat gestern mit ihr darüber gesprochen.«

»Und das werden wir heute auch tun«, erklärt Thomsen. »Ich denke, dieser Schacht spielt eine Rolle.«

»Der Schacht?« Jasper sieht seinen Chef verblüfft an.

»Ja, er war nicht abgedeckt. Ich hab selbst 'nen Garten, wenn ich dort so 'n Loch hätte, würde ich sicherstellen, dass es gut abgedeckt ist. Also frag ich mich, ob der Deckel absichtlich gefehlt hat!«

»Damit der Junge reinfällt?«

»Nein. Der Angreifer. Vielleicht hatte Anna ja nicht bloß eine unbegründete Angst, sondern auch eine ganz konkrete Furcht vor jemandem Bestimmten? Vielleicht wusste sie, dass Kalle seinen Jungen bei ihr suchen würde und ließ den Schacht absichtlich offen? Als Falle, verstehst du?« Thomsen garniert die Frage mit einem belehrenden Blick.

»In die er aber nicht ging.«

»Richtig. Stattdessen tötete er sie und es war der Junge, der bei seiner Flucht hineinstürzte.«

»Oder Oskar wurde absichtlich in den Schacht geworfen, weil er alles mitangesehen hat«, bringt Svenja eine neue Theorie ins Spiel.

»Vom eigenen Vater? Nun, Kalle ist kein guter Mensch, aber das?«

»Wenn der Jähzorn jemanden mit voller Wucht überkommt, ist vieles möglich, was ihm hinterher leid tut«, unterstützt Sophie ihre Kollegin. »Ich hoffe wirklich, Oskar kann uns bald sagen, was passiert ist. Ich wünsche ihm, dass er aufwacht, und ich hoffe für uns, dass er sich erinnern kann.«

»Ich auch«, brummt Thomsen, »und bis dahin machen wir fleißig weiter . . .«

»Chef?«, unterbricht Svenja. »Ich würde gern noch mal nach Hamburg fahren . . .«

»Das wissen wir«, knurrt der Hauptkommissar, »aber vielleicht kannst du damit warten, bis wir den Fall abgeschlossen haben?«

»Nicht bloß wegen Ralf.« Svenjas Wangen erröten, als sie seinen Namen ausspricht, und in Verbindung mit ihren strahlenden Augen wirkt sie wie die verliebte Heldin eines Rosamunde-Pilcher-Romans. »Sophie und ich denken, dass Annas Vergangenheit eine Rolle spielen könnte, und zwar konkret ihre Zeit in Hamburg – sie hat vier Jahre dort verbracht. Mit Ilvy. Wir wissen jetzt, dass die beiden mehr waren als nur Freundinnen, und Ilvy ist angeblich an einer Überdosis gestorben. Ich frage mich, was damals wirklich passiert ist? Und ich bin überzeugt, wenn wir mehr über die Hintergründe wüssten, würde uns das helfen – für den Fall, dass Kalle nicht gesteht.«

Thomsen zieht die Augenbrauen zusammen und mustert sein jüngstes Teammitglied aufmerksam. Scheint so, als ob das Küken flügge würde.

»Okay, schwirr ab. Du hast einen Tag. Vielleicht knackst du ja den Jackpot.«

»Danke, Chef.« Svenja springt auf und umarmt ihn spontan. Im nächsten Augenblick ist sie schon zur Tür hinaus.

»Bleiben wir drei«, stellt Thomsen fest. »Als Erstes habe ich vor, den Yannick Koopmann zu entlassen, die Verdachtsmomente gegen Dirksen wiegen einfach zu schwer – dass der Koopmann sich nicht längst einen Anwalt genommen hat, grenzt ohnehin an ein Wunder.«

Er sieht seine verbliebenen Teammitglieder an, und als sie nicken, fährt er fort.

»Anschließend nehm ich mir den Dirksen noch mal zur Brust. Nach einer Nacht in staatlicher Obhut ist er vielleicht gesprächiger. Und ihr beide sprecht noch mal mit Annas Mutter. Ob es schon früher Ärger mit Dirksen gab, ob Anna Angst vor ihm hatte oder ob ihr sonst noch etwas einfällt.«

35

Yannick Koopmann sieht müde und erschöpft aus. Und er riecht auch nicht gut.

»Konnten Sie schlafen?«, fragt Thomsen, nachdem er den jungen Mann eine Weile gemustert hat.

»Nein. Seit Annas Tod schrecke ich in der Nacht ständig hoch.«

»Hm. Wie haben Sie sich kennengelernt?«

»Vor ungefähr drei Jahren zog ich um. Ich hatte bewusst nach einer Künstlersiedlung gesucht, es war mir wichtig von Menschen umgeben zu sein, die mich inspirieren. In der Süderstraße war die Vormieterin verstorben und die Miete nicht so hoch. Nach meinem Umzug freundete ich mich mit den Leuten dort an, mit Elsa und mit Lisbeth . . . und vor zehn Monaten tauchte plötzlich Anna auf. Von einem Tag auf den anderen war sie da und brachte mein Leben völlig durcheinander.«

»Wussten Sie, dass sie zuvor in einer lesbischen Beziehung gelebt hat?«, hakt Thomsen nach und beobachtet seinen Gesprächspartner nun ganz genau.

»Ja, wusste ich. Sie sagte es mir gleich zu Beginn,

und auch, dass wir deshalb bloß Freunde sein konnten, aber dann änderten sich ihre Gefühle und sie sagte mir, dass sie Menschen unabhängig ihres Geschlechts lieben könnte.«

»Wann wandelte sich Ihre Freundschaft in eine Beziehung?«

»Vor drei Monaten.«

»Und wie reagierte Oskar darauf?«

»Oskar? Keine Ahnung, wir haben nicht darüber gesprochen.«

»Und Oskars Vater?«

»Kalle Dirksen? Was hat denn der damit zu tun?« Yannick Koopmann blickt irritiert auf.

»Er ist Ilvys Vater.«

»Ich weiß, aber . . .«

»Was ist damals genau passiert, als Ilvy starb?«

Koopmann stützt seinen Kopf in beide Hände. »Das weiß ich nicht, Anna hat nie mit mir darüber gesprochen.«

»Sie hat nie über Ilvy gesprochen?«

Der Maler schüttelt nun verzweifelt den Kopf.

»Nein, Herr Kommissar, Sie verstehen mich nicht. Anna hat ständig von Ilvy gesprochen. Immer. Jeden Tag. Sie war der wichtigste Mensch in ihrem Leben, obwohl sie schon ein Jahr tot war. Ilvy war wie eine Fessel der Vergangenheit. Ihretwegen konnte Anna in der Gegenwart nicht ankommen. Deshalb hat sie sich auch gegen das Kind entschieden, denke ich. Weil sie immer noch in der Vergangenheit festhing.«

»Hat sic Ihnen das gesagt?«

»Was?«

»Dass sie abgetrieben hat?«

»Nein.« Yannick schüttelt den Kopf. »Das musste sie

gar nicht. Sie war letzte Woche einen ganzen Tag weg. In Hamburg. Ganz allein. Das hat sie noch nie gemacht. Als ich es rausfand, hab ich sie ganz direkt gefragt, ob sie unser Baby abgetrieben hat. Sie hat nichts darauf gesagt, aber ihr Blick war traurig. Da hab ich es gewusst.«

»Was haben Sie getan?«

»Nichts. Ich sagte ihr, dass sie auch ein Stück von mir umgebracht hätte. Dann bin ich gegangen. Später hat's mir leidgetan, dass ich einfach so gegangen bin. Deshalb sagte ich zu Elsa, dass ich müde wäre, was nicht stimmte. Ich wollte noch mal rüber zu Anna und mich entschuldigen. Ich hätte sie nicht so vorschnell verurteilen dürfen, schließlich ist es in erster Linie ihre Sache, ob sie bereit ist für ein Kind. Also stand ich vor ihrem Haus und guckte durchs Fenster. Der Emil, dieser Penner, kam vorbei und machte sich darüber lustig, dass sie mich nicht hineinließ. Dabei hatte ich gar nicht geläutet. Ich sah Oskar bei ihr zu Hause, also ging ich wieder.«

»Warum haben Sie den Jungen nicht heimgeschickt?«

»Das konnte ich nicht. Jetzt im Nachhinein wünschte ich mir, ich hätte es getan. Dann wär ich bei ihr gewesen, als ihr Mörder auftauchte.«

Thomsen legt den Kopf schief und betrachtet den blassen jungen Mann eine Weile. Schließlich räuspert er sich.

»Ich glaube Ihnen und ich lasse Sie gehen. Aber vorher muss ich Ihnen noch etwas sagen. Was auch immer Anna an jenem Tag in Hamburg gemacht hat, abgetrieben hat sie nicht. Sie war noch schwanger, als sie ermordet wurde.«

Schlagartig weicht alle Farbe aus Yannicks Gesicht.
»Sie war nicht . . . ich meine, sie hat nicht . . . dann hat jemand meine Freundin und mein Kind getötet?«

»Ja. Es tut mir sehr leid.«

Thomsen steht auf und legt seinen Arm tröstend um den jungen Mann, der nun seine Fassung verliert. Er bleibt bei ihm, bis er sich wieder halbwegs beruhigt hat.

»Eine Frage noch, Herr Koopmann. Warum haben Sie keinen Anwalt gewollt?«

Yannick zuckt bloß schwach mit den Schultern.

»Der hätte mir Anna auch nicht zurückgebracht.«

36

Der bullige Mann mit den groben Gesichtszügen in seinem verdreckten Norwegerpulli tut so, als ob er lediglich das Opfer eines Justizirrtums wäre. Thomsen starrt ihn grimmig an. Um eine tragfähige Gesprächsbasis mit ihm aufzubauen, müsste er seine Verachtung unterdrücken. Darauf hat er aber ebenso wenig Lust wie auf das formelle *Sie*.

»Hast du deinen Jungen absichtlich in den Schacht gestoßen?«, fragt er stattdessen provokant.

»Welchen Schacht?«

»Diese Art Antwort kannst du dir sparen. Wenn dein Junge nicht durchkommt, lautet die Anklage Doppelmord.«

»Was redest du für 'n Scheiß?«, regt sich Karl Dirksen lautstark auf. »Ich bin doch bloß dorthin, um den Bengel zu suchen. Der macht doch, was er will. Ein Vater kann nicht immer alles durchgehen lassen.«

»Lass die Ausflüchte«, blafft Thomsen. »Wir haben deine Fingerabdrücke. Wer soll dir deine Lügen glauben? Ich hätte bloß nie gedacht, dass du dich so an deinem eigenen Fleisch und Blut vergreifst. Nicht mal dir hätte ich so 'ne Niedertracht zugetraut.«

»Ich versteh bloß Bahnhof. Was ist mit meinem Jungen passiert?«

»Nee, mit der Masche brauchst du mir gar nicht erst zu kommen, das Theater kannst du dann dem Richter vorspielen. Wir beide sind durch.« Er öffnet die Tür zum Gang und winkt den uniformierten Beamten herein, der zur Bewachung des Verdächtigen abgestellt wurde.

»Abführen«, blafft er und wendet sich zur Tür.

»Hey, was ist mit meinem Jungen?«, schreit Dirksen dem Hauptkommissar hinterher.

Der dreht sich an der Tür noch einmal um.

»Du zuerst. Und dieses Mal die Wahrheit.«

»Okay.« Dirksen zieht kräftig durch die Nase auf und wischt sich mit der bloßen Hand den restlichen Rotz weg. »Ich war dort. Bei Anna. Aber nur, weil ich nach meinem Jungen gesucht hatte. Doch die blöde Schlampe hat mich angelogen. Das hat sie immer schon gemacht. Sie weiß nicht, wo Ilvy ist, sie weiß nicht, wo Oskar ist . . . immer dasselbe Lied. Ohne dieses verlogene Miststück wär meine Ilvy noch am Leben. Sie hat sie in den Tod getrieben, sie allein. Und nun geht das alles mit Oskar von vorn los. Wieder hat sie mir frech ins Gesicht gelogen. Da hab ich ihr eine gescheuert. Oder zwei. Weil ich die dauernde Lügerei schon nicht mehr ertragen konnte.«

»Und als Draufgabe hast du ihr den schweren Tonkrug über den Schädel gezogen?«

»Was? Nee, ich weiß nichts von 'nem Tonkrug. Geschüttelt hab ich sie. Ich wollte die Wahrheit aus ihr herausschütteln, wo mein Junge ist . . .«

»Und hat sie's dir gesagt?«

»Brauchte sie nicht. Der Lümmel klopfte an die Scheibe, ich konnte sein Gesicht durch das Glas sehen. Bloß 'n Moment.«

»Und dann?«, hakt Thomsen nach, weil Dirksen bloß noch stumpf vor sich hinstarrt.

»Dann hab ich von der Schlampe abgelassen und bin meinem Jungen hinterher. Aber von der Terrassentür war der Griff abgefallen. Bis ich den wieder angesteckt hatte, war der Bursche weg. Ich rief natürlich und suchte die Umgebung ab, aber der war längst über alle Berge.«

»Also bist du zu Anna zurückgegangen und . . .«

»Einen Scheiß bin ich. Ich dachte, der Junge wär heimgelaufen, also bin ich . . .«

»Du willst mir jetzt nicht erzählen, dass du wie das Unschuldslamm in Person zur Frau nach Hause gegangen und in dein Bett gekrochen bist? Du Scheißkerl hast bei deinem nächtlichen Besuch 'ne Leiche und ein schwer verletztes Kind zurückgelassen. Also denk dir gefälligst eine bessere Geschichte aus«, flucht Thomsen und verlässt nun endgültig den Raum.

37

Lisbeth Mertens begrüßt die Ermittler mit dunklen Schatten unter den Augen. Obwohl ihr Ghulam Bakhash liebevoll lächelnd zur Seite steht, kann sie sich vor Erschöpfung kaum aufrecht halten.

»Sie müssen entschuldigen, ich schlafe so schlecht. Mein Gehirn ist völlig überlastet, mein Herz gebrochen. Einfach nur zu existieren kostet derzeit sehr viel Kraft.«

»Dafür haben wir natürlich Verständnis«, erwidert Sophie. »Trotzdem ist es sehr wichtig, dass wir uns unterhalten.«

»Natürlich.«

»Erzähl von dem Tagebuch«, ermuntert Ghulam seine Freundin und bietet Tee an.

»Ja, richtig. Anna schrieb Tagebuch, seit sie aus Hamburg zurück war. Über ihre Ängste, ihre Gedanken und ihre Fortschritte. Sie war stolz auf jedes noch so kleine Problem, das sie allein bewältigen konnte. Ich dachte, vielleicht können diese Aufzeichnungen helfen, ihren Mörder zu finden.«

»Das ist sehr gut möglich«, freut sich Sophie.

»Leider finde ich sie nicht. Die halbe Nacht lang

habe ich sie gesucht, aber vergeblich. Und die restliche Zeit konnte ich auch nicht schlafen«, seufzt sie. »Die Sache mit Oskar tut mir unendlich leid. Ständig muss ich daran denken, dass ich es war, die einfach die Abdeckung über den Schacht gezogen hat, ohne nachzusehen. Ich wäre im Leben nie auf die Idee gekommen, dass der Junge . . . wissen Sie schon, ob er überlebt?«

»Leider noch nichts Neues. Warum lag die Abdeckung denn überhaupt daneben und nicht obenauf?«, stellt Sophie nun die Frage, die sie am meisten beschäftigt.

»Das habe ich mich selbst auch schon gefragt. Vermutlich hat Anna vergessen, sie wieder draufzulegen. Sie hat den Schacht für ihre Skulpturen verwendet.«

»Wieso das denn?«

»Wegen der Temperatur. Sie sagte, ihre Skulpturen würden nach Tagen dort unten perfekt aushärten und dadurch länger halten.«

»Und wie hat sie ihre Werke unversehrt runter- und wieder hochbekommen?«, will Jasper wissen.

»Mit 'ner Kiste und 'nem Flaschenzug. Das geht eigentlich ganz unproblematisch.«

»Und wo ist diese Kiste jetzt?«

»In der Scheune.«

»Vielleicht ist dort auch das Tagebuch drin?«, fragt Sophie hoffnungsvoll.

Doch Lisbeth schüttelt den Kopf. »Nein, ist es nicht. Ich habe bereits nachgesehen. Es sind wirklich bloß ihre Skulpturen drin.«

»Kann ich sie trotzdem sehen?«

»Klar. Aber ich möchte die Figuren gern behalten,

schließlich hat Annas Mörder all ihre Werke zerschlagen, die im Atelier standen.«

Das Licht in der Scheune ist extrem schwach und so trägt Sophie die schwere Kiste kurzerhand auf den betonierten Vorplatz.
Die einzelnen Skulpturen sind liebevoll mit Tüchern umwickelt, offenbar, um einen sicheren Transport zu gewährleisten.
»Haben Sie schon nachgesehen, ob alle unversehrt sind?«
»Ja. Obwohl Oskar vielleicht . . . ich mag mir gar nicht vorstellen, wenn er vielleicht auf einer Kante gelandet ist, der arme Junge . . .«
Sophie wickelt die erste Figur aus und betrachtet den Engel mit den geschwungenen Flügeln eingehend.
»Hübsches Ding.«
Jasper packt ebenfalls eine Figur aus und hält plötzlich eine Vagina in der Hand.
»Äh . . . Sophie, nimmst du die mal, bitte?«, stottert er mit errötenden Wangen.
Sie unterdrückt ein amüsiertes Lächeln und streckt bereitwillig ihre Hand aus. Im selben Moment läutet ihr Handy und sie zieht die Hand zurück, um das Gerät aus der Jackentasche zu nehmen.
Rums.
Die Vaginaskulptur kracht zu Boden und zersplittert in unzählige Einzelteile.
»Mann, Mann, Mann.« Jasper kratzt sich verlegen hinterm Ohr. »Ich dachte, du hättest sie bereits. Das tut mir jetzt aber leid.«
»Nicht so schlimm, ich mag die Engel ohnehin lieber«, reagiert Lisbeth gutmütig.

»Moment mal«, sagt Sophie plötzlich und ignoriert das penetrante Möwengekreisch, das aus ihrer Jacke dringt. Zwischen den Bruchstücken auf dem Boden hat sie etwas entdeckt, das ihre Aufmerksamkeit erregt. Sie geht in die Hocke und sieht genauer hin. Inmitten von Staub und Scherben liegt ein Plastiksäckchen, gefüllt mit weißem Pulver. Mit spitzen Fingern hält sie es ans Licht.

»Sieh mal einer an, sieht aus, als hätten wir hier ein Drogenproblem.«

38

»Ach du meine Güte«, stöhnt Lisbeth entsetzt. »Sie müssen mir glauben, Frau Kommissarin! Ich hatte davon keine Ahnung.«

»Auch wenn ich Ihnen glaube, ein Drogentest wird Ihnen in diesem Fall nicht erspart bleiben«, erwidert Sophie und ihr Gesichtsausdruck ist ernst. Ohne Vorwarnung lässt sie nun auch den Engel zu Boden krachen.

Lisbeth beginnt zu weinen, als zwischen den Scherben ein weiteres Säckchen mit weißem Pulver sichtbar wird.

»Worin war mein Mädchen bloß verwickelt? Sie hat mir Stein und Bein geschworen, dass sie mit all dem Zeug abgeschlossen hat.«

»Tja.« Sophie verzieht das Gesicht. »So ist das manchmal mit Versprechungen. Man glaubt daran und wird doch bloß hinters Licht geführt. Bei diesem Schacht ging es nicht um die Temperatur – das war ein Drogenversteck. Diese Kiste hier ist beschlagnahmt und Sie müssen nun mit uns auf die Dienststelle kommen. Jasper, bringst du bitte Frau Mertens . . .

Jasper?« Sie dreht sich suchend nach ihrem Kollegen um, doch der steht ein paar Meter entfernt, stocksteif, mit einer Gesichtsfarbe so weiß wie ein Geist und das Handy fest ans Ohr gepresst.

»Jasper?« Sophie nähert sich besorgt. Das panische Flackern in seinen Augen gefällt ihr gar nicht. Sie stupst ihn an. »Jasper? Alles okay?«

»Äh . . . nein. Schätze nicht.«

»Was ist denn?«

»Das war die Billi. Es geht los.«

* * *

Nachdem Sophie Lisbeth Mertens einer Polizeistreife übergeben hat, verfrachtet sie ihren Kollegen auf den Beifahrersitz ihres Wagens und steuert das Krankenhaus an.

»Das ist Kommissar Hinrichs, er wird heute zum ersten Mal Papa«, erklärt sie der Krankenschwester bei der Aufnahme.

»Alles klar. Wie heißt denn die werdende Mutter?«

»Julia Billerbeck. Sie arbeitet hier.«

»Ach, die Billi«, erwidert die Krankenschwester. »Ja, die haben wir soeben eingecheckt. Ich bringe Sie zu ihr.«

»Behalte die Nerven«, flüstert Sophie zum Abschied. »Du musst jetzt für euch beide stark sein.«

Er nickt, aber sein Blick ist immer noch panisch.

»Ich versuchs.«

39

»Jetzt sind wir nur noch zu zweit«, sagt Sophie, als sie das Büro ihres Chefs betritt. »Dafür hab ich unglaubliche Neuigkeiten.«

»Einen Moment.« Thomsen deutet ihr, Platz zu nehmen, da das Telefon auf seinem Schreibtisch zu läuten begonnen hat.

»Ja? Ah, du bist's. Nein, tatsächlich? Mhm . . . mhm . . . mhm . . . alles klar. Nee, heute ist nichts mehr dringend, wir sehen uns morgen.«

Er legt auf und wendet sich wieder Sophie zu.

»Das war Svenja, sie hat tatsächlich eine ehemalige Freundin von Ilvy ausfindig gemacht, die für ein anständiges Mittagessen aus dem Nähkästchen geplaudert hat. Demnach waren die Schuldgefühle, die Anna wegen Ilvy hatte, ganz und gar nicht unbegründet. Denn angeblich war Anna zu keiner Zeit drogensüchtig. Sie hat das Zeug nicht genommen, sie hat damit gedealt. Ilvy hingegen war dem Heroin verfallen, sie kam davon nicht los, bis zu ihrem Tod nicht. Also das könnte selbst für einen Vater wie Kalle ein Grund sein, die Beherrschung zu verlieren.

Insbesondere, wenn Alkohol im Spiel war. Zumindest ist jetzt nachvollziehbar, warum er Anna so gehasst hat. Was wolltest du mir sagen?«

»Tja, meine Neuigkeiten sind nun nicht mehr ganz so überraschend. Anna hat nicht nur damals in Hamburg, sondern auch hier in Husum gedealt.« Sie packt einige eingetütete weiße Päckchen auf den Tisch. »Wir haben das hier in ihren Skulpturen gefunden.«

»Aber hallo!« Thomsen zieht die Augenbrauen hoch. »Kokain oder Heroin?«

»Das ist wohl die Frage. Ich bring es mal zum Testen.«

In diesem Moment läutet Thomsens Telefon erneut.

»Ja?«, knurrt er hinein. »Ach, du bist's. Nee, eigentlich nicht . . . okay, dann schon. Jaja, ich komme.« Mit einem lauten Seufzer steht er auf. »Unser Dienststellenleiter hat wissbegierigen Besuch.«

»Kriminaldirektor Paulsen?«

»Bingo. Und die beiden Sesselfurzer wünschen sofort einen aktuellen Bericht.«

40

Auf dem Weg zu Petersen Büro beginnt Thomsens Handy erneut zu läuten. Diesmal schreibt das Display *Kommissar Hinrichs*.

»Was gibt's, Jasper?«

»Echt gute Neuigkeiten.«

»Ist dein Sohn schon geboren?«

»Nein, das leider nicht, die Ärztin sagte, der Muttermund wär erst zwei Zentimeter offen, ich hab keine Ahnung, was das bedeutet, aber Billi meinte, es dauert noch Stunden.«

»Was dann?«

»Oskar ist aufgewacht. Er wurde insgesamt acht Stunden lang operiert, hat mehrere Brüche, darunter leider auch der Kiefer, und innere Verletzungen. Dazu kommt die schlimme Unterkühlung, aber er wird überleben.«

»Konntest du mit ihm sprechen?«

»Nein. Keine Chance. Er ist noch benommen und es darf noch niemand zu ihm. Bis jetzt habe ich bloß mit einer Krankenschwester gesprochen. Und die meinte, ich soll später wiederkommen. Wenn er zu sich kommt,

darf ich ihm ein oder zwei Fragen stellen.«
»Dann wollen wir mal das Beste hoffen.«

* * *

»Moin Rüde.«
Kriminaldirektor Paulsen schüttelt Thomsen kräftig die Hand. Petersen, der wie jeden Tag ein viel zu enges kariertes Hemd trägt, nickt bloß und deutet auf den freien Platz am Tisch.
»Der Fall ist abgeschlossen, nicht wahr?«
»Beinahe. Wir haben Karl Dirksen verhaftet. Er hatte ein Motiv und er war nachweislich am Tatort. Bei der Vernehmung hat er sogar zugegeben, gegen das Opfer gewalttätig geworden zu sein, nur den tödlichen Schlag mit dem Tonkrug will er nicht geführt haben.«
»Also das Übliche«, kommentiert Paulsen. »Das kennen wir ja zur Genüge. Der Täter gesteht die Krümel, die wir ihm ohnehin nachweisen können, in der Hoffnung, dass wir dann den großen Brocken fallen lassen.«
»Scheint so. Aktuell warten wir noch auf die Aussage des Jungen. Vielleicht hat er den Mord mitangesehen. Zusätzlich geht es noch um die Frage, ob er in den Schacht gestolpert ist oder ob Dirksen ihn hineingestoßen hat. Dann hätten wir noch einen versuchten Mord mit im Paket.«
»Gut gemacht.« Paulsen lehnt sich zufrieden zurück. »Nicht jeder Täter gesteht sofort. Vor dem Richter

knicken die meisten doch noch ein. Spätestens, wenn sie merken, dass ihnen niemand glaubt.«

Thomsen nickt. »Das ist richtig. Wir haben außerdem noch 'ne beachtliche Menge Drogen sichergestellt.«

»Nicht schlecht«, zeigt Paulsen sich beeindruckt. »Dann können wir mal wieder richtig vor der Presse auftrumpfen.«

Thomsen verzieht die Lippen auf eine Art, die gerade noch als Lächeln durchgeht. Irgendetwas gefällt ihm nicht. Wenn ihn jemand fragen würde, woran er sich stört, könnte er es nicht benennen. Aber das flaue Gefühl in der Magengegend ist deutlich spürbar. Er steht auf.

»Dann darf ich mich jetzt verabschieden?«

»Wollen wir noch gemeinsam ein Bierchen kippen?« Paulsen erhebt sich ebenfalls.

Doch Thomsen schüttelt den Kopf.

»Heute nicht. Ich bin glücklich verheiratet und hab den Abend meiner Frau versprochen.«

41

Jasper drückt Billis Hand.
»Atme!«
»Tu ich ja«, presst Billi durch die Zähne.
»Ich weiß, sorry.«
»Du zerquetschst mir die Hand.«
»Entschuldige. Wir tauschen. Nimm du meine und drück sie so fest, wie du möchtest.«
»Okay.«
Er sieht auf die Uhr. »Die Wehen kommen jetzt alle zehn Minuten.«
»Das ist schlecht«, stöhnt Billi.
»Warum?«
»Das heißt, es dauert noch Stunden.«
»Ach nee . . .«
Jasper schaut so geplättet, dass Billi lachen muss. »Wenn man uns beide so sieht, könnte man meinen, du leidest mehr als ich.«
»Tu ich auch. Oder denkst du, es ist leicht, dich so leiden zu sehen und nichts dagegen tun zu können?«
»Nun, immerhin gibst du mir deine Hand, die ich quetschen darf.«

»Ja«, stimmt Jasper tapfer zu. »Quetsch sie so fest, wie du möchtest. Das ist schließlich das Mindeste, das ich beitragen . . .«

Ein Klopfen an der Tür unterbricht ihn.

»Herein.«

Seine Mutti steckt ihren Kopf zur Tür herein. Sie lächelt Billi besorgt an.

»Alles okay?«

»Geht so.«

»Ich musste unbedingt nach dir sehen. Ich bin ja so aufgeregt.« Ella Hinrichs strahlt über das ganze Gesicht. »Stell dir vor, bloß noch wenige Stunden, und du liegst hier mit dem süßesten Baby der Welt.«

»Ja, das ist so unfassbar!« Billis Augen leuchten nun mit Ellas um die Wette. »Jetzt, wo es endlich so weit ist, kann ich es mir kaum vorstellen.«

»Äh . . . wäre das okay, wenn ich mal kurz nach Oskar sehe? Ihr wisst schon, der Junge, der in den Schacht gestürzt ist?«, fragt Jasper. »Vielleicht ist er mittlerweile ansprechbar?«

»Klar, Schatz. Geh nur, Ella hilft mir inzwischen mit dem Atmen«, blödelt Billi.

»Danke.« Er entzieht ihr seine Hand, drückt seiner Mutti beim Vorbeigehen einen Kuss auf die Wange und eilt davon.

Die Krankenschwester in der Notaufnahme kennt ihn bereits.

»Es geht um den Jungen, nicht wahr? Ich frag mal nach.« Sie greift zum Hörer und trippelt mit den Fingernägeln auf ihr Pult, während sie wartet.

»Dr. Reussen? Ja, Rosa, von der Aufnahme, wegen Oskar Dirksen. Der Kommissar von der Kripo ist schon wieder hier . . . ja, okay, sag ich ihm.«

»Sie können mit dem zuständigen Arzt sprechen, Zimmer 24, den Gang entlang und dann links.«

»Danke.«

Dr. Reussen entpuppt sich als junger Mann, der in jedem Wikinger-Film mitspielen könnte. Rothaarig und rotbärtig mustert er Jasper mit seinen stechend blauen Augen.

»Was genau wollen Sie von dem Jungen?«

»Wir wollen wissen, ob ihn jemand in den Schacht gestoßen hat.«

»Gestoßen? Sie meinen absichtlich?«

»Ja. Es ist zeitgleich eine junge Frau ermordet worden, bei der Oskar zu Besuch war. Es könnte daher sein, dass der Täter ihn als Zeuge ausschalten wollte.«

»Ach du meine Güte...«

»Wir ermitteln gegen einen sehr gefährlichen Menschen. Deshalb ist die Aussage des Jungen für uns so wichtig.«

»Ich verstehe. Der kleine Patient ist nun bei Bewusstsein, allerdings hat er starke Schmerzmittel erhalten. Möglicherweise ist er für diese Fragen noch nicht bereit. Sie müssen auf jeden Fall sehr sanft mit ihm sein. Regen Sie ihn bloß nicht auf.«

»Versprochen.«

»Gut, dann kommen Sie mit.«

Zwei Zimmer weiter öffnet Dr. Reussen leise die Tür und lässt Jasper eintreten. In dem großen Bett ist der Junge unter den weißen Laken kaum erkennbar. Seine Mutter sitzt zwischen unzähligen Geräten und Schläuchen und hält seine Hand.

»Moin Frau Dirksen«, flüstert Jasper.

»Moin Herr Kommissar.« Sie wischt sich die Tränen aus den Augenwinkeln.

Jasper wendet sich dem Jungen zu.

»Moin Oskar, ich bin Kommissar Hinrichs von der Kripo Husum, wir haben dich gesucht und Gott sei Dank gefunden.«

»Danke«. Das dünne Stimmchen des Jungen ist kaum hörbar.

»Du bist der tapferste Junge, den ich kenne, und ich wünsche dir ganz viel Kraft, um möglichst rasch gesund zu werden. Leider muss ich dir aber auch sagen, dass Anna ermordet wurde.«

»Ich weiß.« Tränen laufen über das kleine Gesicht, das in einem dicken weißen Verband steckt. »Das war mein Vater. Er hat auf sie eingeschlagen und mich . . .«

»Dich . . .? Was hat er dich?«

Doch der Junge verstummt nun und sieht flehend zu seiner Mutter hinüber.

»Hat er dich in den Schacht gestoßen?«

Eine der Überwachungsmaschinen beginnt zu piepen und augenblicklich wird der Arzt nervös.

»Der Puls geht hoch. Für heute ist das genug«, erklärt er bestimmt. »Gehen Sie jetzt, der kleine Patient braucht viel Ruhe.«

Jasper verabschiedet sich gezwungenermaßen.

»Ich komme morgen wieder.«

Vor dem Krankenzimmer lehnt er sich einen Moment an die kühle Wand. Unfassbar, was der arme Junge in den letzten drei Tagen durchgemacht hat. Plötzlich zuckt ein Gedanke grell wie ein Blitz durch seinen Kopf und bringt sein Blut in Wallung.

Billi.

Was, wenn sie jetzt gerade – in diesem Moment – seinen langersehnten Sohn bekommt und er alles verpasst, weil er hier an der Wand lehnt?

Er hetzt los und sprintet in einem Affentempo die Treppe hoch, immer zwei Stufen auf einmal nehmend. Im ersten Stock angekommen, stürmt er nach rechts, doch ein Rollcontainer mit Medikamenten, der vorher noch nicht hier war, steht plötzlich im Weg.

Nicht nur sämtliche Packungen und Flaschen, die darauf stehen, fallen krachend zu Boden, auch er selbst kommt zu Fall. Instinktiv will er sich abstützen, doch ein Handgelenk knickt um und er stürzt mit der Nase voran auf den harten Steinboden.

Es macht ein hässliches Geräusch und für einen Moment glaubt er wirklich, Sterne zu sehen.

Doch im nächsten rappelt er sich hoch, entschuldigt sich bei der Pflegerin, die geschockt neben dem Container steht und läuft weiter.

Vor Billis Zimmertür hält er inne und atmet tief durch. Wenn er tatsächlich alles verpasst hat, wird er sich das nie verzeihen. Er drückt die Klinke und öffnet die Tür.

Billi und seine Mutti sind gerade in eine angeregte Unterhaltung verstrickt.

»Alles gut?«, japst er völlig außer Atem.

»Aber ja«, antwortet seine Freundin entspannt. Doch als sie sich ihm zuwendet, entgleisen ihre Gesichtszüge.

»Oh mein Gott, Jasper! Was ist passiert?«

Auch seine Mutti starrt ihn nun fassungslos an. »Mensch, Junge, du bist voller Blut!«

42

Auf dem Heimweg holen Sophie wieder ihre privaten Grübeleien ein. Die Schuldgefühle hatten Zeit zu gedeihen, sodass sie mittlerweile eine mordsmäßige Wut auf sich selbst entwickelt hat. Offenbar kann sie nicht mal allein auf eine Party gehen, ohne sich in Schwierigkeiten zu bringen.

Als sie ihren Nissan Pick-up vor Taakos Haus parkt, ruft Jasper an.

»Wie gehts dem Jungen?«, fragt sie sofort.

»Er sieht schrecklich aus. Es gibt kaum einen Zentimeter an seinem Körper, der nicht verletzt ist. Aber er ist tapfer. Und er hat gesagt, dass es sein Vater war, der Anna getötet hat. Er hat gesehen, wie er auf sie eingeschlagen hat.«

»Das ist so traurig. Kein Kind sollte so etwas mitansehen müssen. Hast du ihn auch gefragt, ob er in das Loch gestoßen wurde?«

»Ja, aber da bekam ich keine Antwort mehr. War wohl alles zu viel für ihn.«

»Das ist jetzt auch nicht dringend. Der Mord ist geklärt, der Täter in Gewahrsam, alles andere hat Zeit bis morgen.«

»Stimmt. Nun ja, vielleicht nicht alles . . .« Jaspers Stimme hat nun einen ganz besonderen Klang.

»Du meinst dein Baby? Kommt es schon?«

»Ja. Es geht nur noch um Stunden. Ich melde mich jetzt ab. Gib bitte dem Rüden Bescheid, den hab ich nicht erreicht. Ich möchte die nächsten Stunden bloß für meine Familie da sein.«

»Klar. Ich halte euch beiden fest die Daumen.«

* * *

»Junge, du musst dich behandeln lassen.« Ella Hinrichs öffnet bereits die dritte Taschentuchpackung.

»Sicher nicht. Ich werde die Geburt meines Sohnes auf keinen Fall verpassen.«

»Aber so geht das auch nicht. Lass dich unten in der Ambulanz versorgen, ich bleibe hier bei Billi.«

»Nein. Dort muss ich sicher warten, und wer weiß, wie lange.«

»Jasper! Geh jetzt und lass das ansehen«, wird Ella energisch. »Ich halte hier die Stellung.«

»Nein.«

»Aber du hörst nicht auf zu bluten.«

»Billi, wie viele Liter Blut hat ein Mensch?«

»Fünf bis sechs.«

Jasper überblickt die verbrauchten Taschentücher.

»Das geht sich aus, bis mein Sohn auf der Welt ist«, erklärt er störrisch und bleibt neben seiner Freundin sitzen.

Mit einer Hand presst er ein frisches Tuch auf die Nase, die andere reicht er ihr.

»Für dich. Zum Zerquetschen. Wir stehen das gemeinsam durch.«

Billi lacht und stöhnt kurz darauf auf.

»Auuuuu . . .«

Jasper verzieht das Gesicht, als sie kräftig zudrückt, zieht aber seine Hand nicht weg.

»Du bist so ein sturer Bock«, schimpft Ella und steht verärgert auf. »Wenn du nicht gehst, dann bring ich eben einen Arzt zu dir.«

43

In der Wohnung wird Sophie von einem köstlichen Duft begrüßt. Taako steht am Herd und bereitet eines seiner exzellenten Krabbengerichte zu.

»Fall gelöst?«

»Ja.« Sie schmiegt sich von hinten an ihn. »Du bist der Beste.«

»Bin ich nicht. Eigentlich denke ich, ich habe etwas gutzumachen.« Er dreht sich zu ihr um und streicht ihr sanft eine widerspenstige Locke aus der Stirn.

»Du?«

»Ja, die Sache mit meiner Mutter, das war nicht okay. Ich muss lernen, mich von ihr nicht so manipulieren zu lassen. Sie muss akzeptieren, dass sie unsere Pläne nicht über den Haufen werfen kann. Sonst wird sie das immer wieder tun.«

»Tja...«

»Und das ist schlecht für unsere Beziehung, das ist mir jetzt klar.«

»Du ahnst gar nicht, wie schlecht«, seufzt Sophie.

»War's so schlimm, allein bei Ella?«

Er lacht und knabbert verliebt an ihrem Ohr.

»Ja, es hat sich angefühlt wie früher. Als ich bei solchen Feiern immer das fünfte Rad am Wagen war. Und . . . ich will es gar nicht schönreden – ich war angepisst, hab mich betrunken und mit Enno rumgeschmust.«

Taakos Augenbrauen gehen hoch.

»Echt jetzt?«

»Ja.«

Sophie spürt, wie ihr das Herz bis zum Hals klopft.

Taako schweigt eine Weile.

»Danke«, sagt er schließlich.

Sie überlegt, ob das jetzt zynisch gemeint war oder nicht.

»Wofür?«, fragt sie verunsichert.

»Für deine Ehrlichkeit. Das weiß ich echt zu schätzen.«

Ohne weitere Worte wendet er sich wieder dem Herd zu und rührt kräftig in der Pfanne um.

»Und?«, hakt sie nach.

Er stellt die Pfanne beiseite und nimmt die Schürze ab.

»Mir ist das auch schon mal passiert.«

»Was?« Jetzt ist sie es, die ihn verblüfft ansieht.

»Also nicht mit Enno natürlich, und auch nicht, während wir zusammen waren. Aber in einer früheren Beziehung.«

»Und?«

»Ich hab es gebeichtet, so wie du jetzt, aber sie hat mir nicht verziehen. Sie hat deswegen die Beziehung beendet.«

»Oh.«

»Das hat mich echt getroffen, weil es mir ehrlich leid tat. Ich war selbst wütend auf mich, wegen dieser Sache

. . .«

»Ja, so geht es mir auch.«

»Gut.« Er nimmt ihr Gesicht in beide Hände und blickt ihr tief in die Augen. »Aber eines ist klar: So kann es nicht weitergehen! Ab jetzt komme ich auf alle Partys mit!«

»Versprochen?«

»Ehrenwort.«

Sophie schmiegt sich an ihn und küsst ihn leidenschaftlich. Er packt sie mit seinen starken Armen, hebt sie hoch und trägt sie auf die Couch.

»Diese Garnelen müssen jetzt warten«, flüstert er ihr ins Ohr und knöpft ihre Bluse auf, als plötzlich ihr Diensthandy zum Leben erwacht. Die elektronischen Möwen kreischen in voller Lautstärke und Sophie verzieht nach einem Blick aufs Display das Gesicht. *Hauptkommissar Rüdiger Thomsen.*

»Geh nicht ran«, stöhnt Taako.

»Ich muss.«

»Der Fall ist gelöst.«

»Ich weiß. Trotzdem . . .«

Sie befreit sich aus seiner Umarmung und nimmt das Gespräch an.

»Rüde, was . . .?«

»Meerkatz, da stimmt was nicht. Wir müssen uns unterhalten.«

»Jetzt?«

»Ja.«

»Okay«, seufzt sie. »Wo bist du?«

»Vor deinem Haus.«

44

»Mensch, Rüde, du versaust mir mein Privatleben.« Sophie steigt mit vorwurfsvollem Blick zu ihrem Chef ins Auto.

»Ist mir auch unangenehm. Aber Jasper hat sein Handy ausgemacht und Svenja ist noch in Hamburg.«

»Ich bin also dein Notnagel?«

»Nein. So war das nicht gemeint. Ich denke bloß, weil du immer alles hinterfragst . . .«

»Worum gehts hier eigentlich?«

»Der Kalle passt nicht.«

Sophie legt den Kopf schief und runzelt die Brauen.

»Da bin ich einmal nicht pingelig, übergenau und nervig bis zum Anschlag, und dann beginnst du . . .«

»Ja. Schräg, oder?« Er grinst ein wenig verlegen. »Offenbar hab ich mich an all deine unangenehmen Eigenschaften gewöhnt, und jetzt hab ich Entzugserscheinungen . . .«

»Also gut«, lenkt sie ein. »Spielen wir es durch. Fest steht, der Kalle war in Annas Atelier. Er hat sogar gestanden, sie geschlagen zu haben. Der Junge hat das auch bestätigt.«

»Ja. Mit den Händen ins Gesicht. Vor Wut. Er ist so ein Typ, der keinen Respekt vor Frauen hat, keine Hemmschwelle, keine Impulskontrolle. Aber so ein Schlag auf den Hinterkopf? Mit einem schweren Tonkrug? Das war keine mangelnde Selbstbeherrschung, das war um zu töten.«

»Mag sein, aber . . .«

»Lass mich ausreden. Ich habe vorhin einen Anruf von der KTU erhalten. Es ist ihnen gelungen, die Mordwaffe zusammenzusetzen.« Thomsen zieht sein Handy aus der Tasche und hält es Sophie hin. »Frerichs hat mir 'n Foto geschickt. Sie haben auch sämtliche Fingerabdrücke darauf ausgewertet. Annas natürlich, aber auch Lisbeths und Yannicks – aber nicht Kalles.«

»Das heißt, er hat sich davor Handschuhe übergezogen«, stellt Sophie fest.

»Siehst du, genau das glaube ich eben nicht. Der zieht sich doch nicht mitten in seinem Wutanfall plötzlich Handschuhe über. Ich denke, es lief folgendermaßen ab: Kalle will seinen Sohn finden, weil der nach seinem Rechtsverständnis ihm gehört. Anna lügt ihn an, sie sagt ihm nicht, was er wissen will. Er wird handgreiflich, aber dann sieht er plötzlich seinen Jungen auf der Terrasse. Er lässt von ihr ab und läuft ihm hinterher. Da bleibt bloß eine Option: Jemand anderer kommt, schlägt die Terrassentür ein und tötet sie.«

»Und wer? Hoffentlich nicht Yannick, denn den hast du gerade wieder laufen lassen . . .« Sophie steckt sich eine widerspenstige Locke hinters Ohr. Plötzlich schlägt sie sich mit der flachen Hand auf die Stirn. »Natürlich! Jetzt wird mir alles klar! Wo hatte ich bloß meine Gedanken!«

* * *

Nachdem sie eine Stunde lang im Auto einen Plan geschmiedet haben, klopfen sie laut und hartnäckig an Dörte Buschs Haustür.

Die zarte kleine Poetin öffnet ihnen in einem bodenlangen Kleid. Sie trägt unzählige Gold- und Silberketten um den Hals und ist grell geschminkt.

»Moin«, sagt Thomsen und lächelt so empathisch wie möglich. In Gedanken muss er Jasper recht geben, ihre Augen haben einen ganz eigenen Schimmer. »Ich bin Hauptkommissar Rüdiger Thomsen, mein Kollege hat mir erzählt, Sie sind eine bekannte Dichterin?«

»Ach, hat er das gesagt? Das ist aber lieb.« Sie strahlt vor Freude über das Kompliment.

»Wir sind gerne freundlich. Sie haben uns übrigens sehr geholfen«, schmiert Thomsen ihr weiterhin Honig ums Maul.

»Das ist schön.« Sie zieht die Tür weit auf und taxiert den Hauptkommissar mit eindeutigen Blicken. Sophie, die sich im Hintergrund hält, wird nicht beachtet. »Kommen Sie doch herein. Wollen Sie ein Schlückchen Tee mit mir trinken?«

»Sehr gern«, erwidert Thomsen, der sich freut, dass der erste Teil des Plans so reibungslos klappt. Dass sie freiwillig in die Wohnung gelassen werden, ist für das Gelingen ihres Vorhabens nämlich unumgänglich.

Dörte führt sie in ein helles Wohnzimmer mit Blick

auf den romantisch angelegten Garten. Thomsen registriert mit einem Lächeln, dass sich die Vagina-Skulptur, wie von Jasper beschrieben, noch auf dem Sideboard neben dem Tisch befindet. Er bleibt genau daneben stehen.

»Kräutertee ist in Ordnung, Herr Kommissar?«, fragt sie zuckersüß und holt ein Tablett mit Teekanne und Tassen aus der Küche, das sie auf dem Tisch abstellt.

»Danke sehr«, erwidert er freundlich, rührt sich jedoch nicht vom Fleck.

»Wobei kann ich Ihnen denn behilflich sein?« Der Augenaufschlag, mit dem sie Thomsen nun bezirzt, hätte Maike in der Sekunde in eine Furie verwandelt.

»Dürfte ich vielleicht mal Ihre Toilette benutzen?«, flötet Sophie.

»Aber natürlich.«

In dem Moment, in dem Dörte sich zu Sophie umdreht, um ihr das gewünschte Örtchen zu zeigen, packt Thomsen die Skulptur und wirft sie mit voller Wucht auf den Boden.

»Hoppla, da bin ich wohl angestoßen. Das tut mir aber sehr leid.«

Er bückt sich nach den großen Scherben und entdeckt zu seiner großen Freude ein Säckchen mit weißem Pulver.

»Oha! Was haben wir denn da?«

Dörte steht nun wie erstarrt.

Erst als er das Päckchen hochhält, springt sie ihn ohne Vorwarnung an. Doch Sophie hat nur darauf gewartet. Sie packt die zierliche Person, lässt die Handschellen klicken und bugsiert sie auf die Couch.

»Sind Sie verrückt?«, schreit Dörte außer sich. »Sie können hier ohne Durchsuchungsbeschluss nicht alles kurz und klein schlagen!«

»Natürlich nicht«, stimmt Sophie lächelnd zu. »Das würden wir auch nie tun. Mein Chef war bloß ungeschickt und wurde mit einem Zufallsfund belohnt. So etwas kommt vor.«

»Was ist das?«, fragt Thomsen mit dem Säckchen in der Hand und setzt sich zu der empörten Dichterin auf die Couch. »Kokain?«

Sie sieht nun demonstrativ in die andere Richtung.

»Gut, liebe Frau Busch, wir spielen jetzt ein Spiel, das Sie vielleicht aus dem Fernsehen kennen. Stellen Sie sich vor, Sie dürfen zwischen zwei verschiedenen Toren wählen. Hinter dem Tor Nummer Eins warten fünf Jahre Knast. Drei wegen Dealens und zwei wegen eines Angriffs auf einen Polizeibeamten. Hinter dem Tor Nummer Zwei hingegen befindet sich die Möglichkeit, mit Therapie und Bewährung davonzukommen, weil Sie, als die Skulptur zufällig hinunterfiel, sofort ein umfassendes Geständnis ablegten und uneingeschränkt mit der Polizei kooperierten. Sie haben nun drei Minuten Zeit, sich zwischen den beiden zu entscheiden.«

Thomsen stellt den Timer auf seinem Handy ein und lässt die Zeit herunterlaufen.

Sie warten schweigend.

Sieben Sekunden vor Ablauf der Zeit fasst Dörte Busch einen Entschluss.

»Was muss ich tun für Tor Nummer Zwei?«

45

Das Gespräch mit der zierlichen Poetin kommt nur zögerlich in Gang, aber je länger es dauert, desto klarer werden die Beziehungsgeflechte, Dramen und Ängste, die mit dem Drogennetzwerk in der Region verbunden sind.

Nach unzähligen Nachfragen wissen die Ermittler nicht nur über Annas Rolle in dieser Parallelwelt Bescheid, sondern auch, wer der Hauptprofiteur und Drahtzieher des gesamten Unterfangens ist.

In der Morgendämmerung zieht Thomsen einen Schlussstrich. Er bestellt eine Streife, die Dörte Busch abholt und in Gewahrsam nimmt, und zwei weitere in die Brinckmannstraße.

»Also los, Meerkatz, bringen wir es zu Ende.«

Er hält seiner Oberkommissarin die Beifahrertür seines Landrovers auf und schwingt sich anschließend hinters Steuer.

»Du hattest recht mit deinem Verdacht, wer hier die Fäden zieht«, meint Sophie anerkennend. »Wie bist du auf ihn gekommen?«

Thomsen zögert kurz, bevor er antwortet.

»Das ist jetzt ein wenig privat, aber ich war selbst mal beinahe bei 'nem Therapeuten.«

»Beinahe?«

»Ja, alle drängten mich. Damals, als sie meinen Sohn verhafteten, du weißt schon, wegen seines exzessiven Engagements für den Tierschutz, das wirklich sämtliche Normen sprengte . . . jedenfalls kam ich mit der Situation ganz schlecht klar, dass ausgerechnet mein Junge straffällig wurde und jeder erklärte mir, dass ich Hilfe in Anspruch nehmen sollte. Na ja, du kennst mich inzwischen recht gut – klar, dass ich das abgelehnt habe. Aber eines weiß ich, nämlich, welches Thema es war, was mich damals rund um die Uhr beschäftigt hat. Die zentrale Frage für mich war, was ich als Vater verbockt hatte, dass es mit meinem Sohn so weit kam. Und wir wissen, was die zentrale Frage in Annas Leben war.«

»Die Schuld, die sie am Tod von Ilvy trug«, antwortet Sophie wie aus der Pistole geschossen. »Und nach allem, was wir nun wissen, hatte sie die zurecht. Weil sie dealte. Sie, als Nicht-Süchtige, vertickte den Stoff, der ihrer geliebten Freundin Elend und Tod brachte.«

»Ganz genau – alles in Annas Leben drehte sich um Ilvy. Jeder wusste das. Wir Ermittler haben das nach wenigen Tagen herausgefunden. Um ganz sicherzugehen, habe ich, bevor ich dich aus deinem Haus klingelte, Annas Freund Koopmann, ihre Mutter, und sogar die dicke Kunstschweißerin angerufen und nach der wichtigsten Person in Annas Leben gefragt. Von jedem hörte ich *Ilvy*. Der Einzige, der das nicht wusste, war ihr Therapeut. Da war mir klar, was auch immer zwischen den beiden lief – eine Therapie war das nicht.«

»Das hast du richtig gut kombiniert«, erkennt Sophie neidlos an. »Der Keilstrand kam auch ins Stottern, als du ihn auf Annas Schwangerschaft angesprochen hast. Ich bin mir sicher, er wusste nichts davon.«

»Ja, es ergibt nun alles ein Bild«, brummt Thomsen zufrieden. »Anna ist jede Woche zweimal zu ihm gefahren, und wegen der Therapie war's nicht. Außerdem ist mir die luxuriöse Ausgestaltung seiner Räumlichkeiten aufgefallen. So eine exklusive Ausstattung ist mit rein therapeutischer Arbeit schwer zu finanzieren.«

»Gegen die Drogenkriminalität ist uns da echt ein Schlag gelungen«, freut sich Sophie.

»Ich bin überzeugt davon, dass er auch mit dem Mord zu tun hat«, trumpft Thomsen auf. »Vielleicht hat die Schwangerschaft bei Anna eine Veränderung bewirkt, vielleicht wollte sie aussteigen? Wenn er sich bedroht gefühlt hat, könnte es durchaus sein, dass er sie ausgeschaltet hat.«

»Dafür spricht auch, dass sämtliche Skulpturen zerschlagen waren. Er hat den restlichen Stoff gesucht. Obwohl . . .« Sophie zieht nachdenklich die Nase kraus. »Mir fällt gerade ein, der Keilstrand war doch bei dem Kongress in Stockholm.«

»Richtig.« Thomsen grinst. »Aber in der Mordnacht war er noch hier. Sein Flug ging erst Samstag um 06:00 früh. Alles schon gecheckt.«

»Dann müssen wir uns bloß noch überlegen, wie wir ihn überführen – denn freiwillig wird er nicht gestehen. Wie wär's, wenn wir morgen noch mal mit Annas Mutter reden? Sie sagte, ihre Tochter hätte Tagebuch geschrieben. Wir sollten das ganze Haus auf den Kopf stellen, um es zu finden. Da könnten wertvolle Hinweise dabei sein.«

»Gute Idee. Aber einen Schritt nach dem anderen. Jetzt nehmen wir erst mal den feinen Herrn Keilstrand fest.«

Als Thomsen in die Brinckmannstraße einbiegt, beginnt sein Handy zu läuten.

»Ja?«

»Hier spricht Sören Rijnders. Wir sind jetzt vor Ort.«

»Ich hab doch gesagt, ihr sollt dort einfach unauffällig warten.«

»Das machen wir, aber hier stimmt etwas nicht.«

»Und was?«

»Es brennt Licht, und wir hören Schreie nach draußen.«

»Okay, wartet noch einen Moment, wir parken bereits ein.«

Thomsen braust mit dem Wagen direkt in die nächste freie Lücke und sprintet los. Sophie eilt ihm hinterher. Vor dem Haus treffen sie auf vier Beamte, die zu den beleuchteten Fenstern hochsehen.

»Die Nachbarn wachen schon auf von dem Krach. Es gehen immer mehr Lichter an«, berichtet Rijnders.

»Okay, wir gehen rein. Sören, du kommst mit uns, und ihr anderen sichert das Haus. Einer hier auf der Straße, die anderen im Treppenhaus. Die Leute sollen in ihren Wohnungen bleiben.«

»Die Tür ist bloß angelehnt«, flüstert Sophie, als sie vor Keilstrands Praxis ankommen.

Thomsen nickt ihr zu und zieht seine Dienstwaffe, bevor er so leise wie möglich die Tür aufdrückt.

Aus dem Inneren dringt lautes Flehen und Wimmern. Er legt den Finger an seine Lippen und sie schleichen leise hinein.

»Du Hurensohn wirst dafür bezahlen, was du ihr angetan hast«, zischt jemand, in dessen Stimme eine Menge Zorn liegt.

»Ich hatte doch keine Wahl«, kommt es heulend zurück. »Sie wollte alles auffliegen lassen, alles. Sie wollte mich vernichten, meine gesamte Existenz.«

»Dann hättest du sie eben nicht für deine dreckigen Geschäfte missbrauchen! Du Scheißkerl!«

Thomsen, der ums Eck blinzelt, kann sehen, wie eine dunkel gekleidete Person auf einen Mann eintritt, der bereits am Boden liegt.

Er nickt Sophie zu, und sie stürmen gemeinsam den Raum.

»Polizei! Hände hoch!«

Tatsächlich kommen sowohl der Angreifer als auch das Opfer dem Befehl nach.

»Yannick Koopmann, welch Überraschung!«, sagt Thomsen und lässt die Handschellen klicken.

»Liegen bleiben!«, blafft Sophie und legt dem Mann am Boden ebenfalls Handschellen an. Dabei bemerkt sie, dass er bereits gefesselt ist und eine blutende Wunde am Kopf hat. »Herr Doktor Keilstrand, Sie sind festgenommen.«

»Warum ich? Dieser Mensch hier hat mich überfallen, in meiner Praxis. Ich habe doch gar nichts getan.«

»Das sehen wir anders«, knurrt Thomsen. »Wir nehmen Sie fest – wegen Drogenhandels und Mordes an Anna Mertens. Sören, bring ihn aufs Revier.«

46

»Gut, dass Sie gekommen sind. Sonst hätte ich vielleicht etwas getan, was ich später bereut hätte.«

Yannick Koopmann sitzt friedlich auf der Couch des Therapeuten, die Hände, die in Handschellen stecken, ruhen in seinem Schoß. »Sehen Sie mein Handy, dort auf dem Couchtisch?«

Sophie nickt und steckt es in einen durchsichtigen Plastikbeutel. »Das müssen wir beschlagnahmen.«

»Ich habe das gesamte Gespräch aufgenommen«, berichtet Koopmann. »Vom ersten Wort an. Der Arsch hat alles gestanden. Er wusste, dass Anna in Hamburg gedealt hatte, weil sie ihn bereits damals beliefert hatte. Während sie nach Ilvys Tod in der Klinik und auf Reha war, hat er das ganze Geschäft an sich gezogen und ausgebaut. Und als sie dann nach Husum zurückkehrte, hat er sie von Anfang an erpresst. Sie musste für ihn als Drogenkurier arbeiten, ihre Skulpturen waren dafür perfekt. Dieser Mistkerl hat viele seiner Kunden süchtig gemacht und bestens davon gelebt, ihnen den teuren Stoff zu verkaufen.«

»Wie sind Sie draufgekommen?«

»Annas Tagebuch. Ich wusste, wo sie es aufbewahrte. Ich hätte es nie angerührt, als sie noch lebte. Aber als Sie mir sagten, dass sie schwanger war, als sie starb, da ließ mir die Sache keine Ruhe mehr. Ich weiß jetzt auch, warum Anna letzten Dienstag in Hamburg war – sie wollte sich stellen, der ganzen Kacke mit den Drogen entkommen. Sie wollte einen Neubeginn, für das Baby. Deshalb hat sie sich eine Anwältin gesucht, die sie bei ihrer Selbstanzeige unterstützt. Dr. Sybille Krinke heißt sie. Ich habe vorhin mit ihr telefoniert.«

»Das ist ja 'n Ding«, brummt Thomsen.

»Finde ich auch. Es war ein mutiger Schritt von Anna, das zu tun, und ich Dösbaddel dachte, sie hätte heimlich abgetrieben. Kein Wunder, dass sie furchtbar enttäuscht von mir war. Sie wollte mutig sein für unser Kind.« Yannick schluchzt nun laut auf. »Dieser Verbrecher hat nicht nur ihr Leben zerstört, sondern auch meines, und das des Babys. Ich will, dass er dafür bezahlt.«

Thomsen nickt.

»Das wird er.«

* * *

»Ich hatte schon nicht mehr zu hoffen gewagt, dass dieser Tag jemals endet«, stöhnt Sophie, als sie wieder in den Landrover steigen.

»Geht mir ähnlich.« Ihr Chef zieht eine Grimasse.

»Morgen gehen wir es ruhiger an.«

»Du meinst wohl heute . . . die Sonne geht schon auf.« Sie gähnt und blickt auf die Uhr. »Fast sieben.«

Ein zartes Bing aus ihrer Handtasche kündigt das Eintreffen einer Nachricht an. Zeitgleich vibriert auch Thomsens Handy im Ablagefach der Mittelkonsole.

»Scheint, als hätten wir dieselbe Nachricht bekommen . . .«, witzelt Sophie und zieht ihr Handy aus der Tasche, um nachzusehen.

»Oh, wie süß! Jasper hat sein Baby bekommen! Gott, ist das niedlich! Kannst du bitte . . .«

» . . . beim Krankenhaus vorbeifahren?« Thomsen grinst und wendet den Wagen. »Aber sicher doch. Schlaf wird ohnehin überbewertet.«

Im Eingangsbereich der Klinik treffen sie auf Svenja, die ihnen aufgeregt mit einem großen Blumenstrauß entgegenwedelt.

»Habt ihr auch dieses entzückende Foto bekommen?«, fragt sie hibbelig.

»Haben wir. Weißt du, wo . . .?«

»Ja, erster Stock, und dann rechts.«

Oben angekommen, treffen sie auf Ella Hinrichs, die über das ganze Gesicht strahlt. Sie fällt Svenja vor lauter Glück um den Hals.

»Es ist alles gut gegangen, Billi und dem Baby gehts prächtig. Stellt euch vor . . .«

Doch niemand hört ihr mehr zu, da in diesem Moment eine Zimmertür aufgeht und Jasper ihnen mit beiden Armen zuwinkt. Sein freudestrahlendes Gesicht ziert dicker weißer Nasengips.

»Ich bin endlich Papa!«, ruft er überglücklich und

alle gratulieren durcheinander.

Nachdem Svenja ihn innig an ihre Brust gedrückt hat, schlüpft sie an ihm vorbei zu Billi.

»Alles Liebe für die frisch gebackene Mama!«

Danach ertönen nur noch entzückte *Ahs* und *Ohs*, woraus Sophie schließt, dass ihre Kollegin bloß noch Augen für den neuen kleinen Erdenbürger hat.

Auch Thomsen ist gerührt. Er tätschelt Jasper die Schulter.

»Nimm's nicht so schwer, Junge, so 'ne Geburt kann den stärksten Mann umhauen.«

»Was?«

Sophie tippt sich an die Nase. »Der Rüde vermutet, du bist mal kurz umgekippt.«

»Ach das.« Jasper grinst ein wenig verlegen. »Das war nicht die Geburt, das war ein Rollcontainer.«

Thomsen runzelt nun irritiert die Brauen, beschließt aber, nicht weiter darauf einzugehen. Schließlich geht es hier um einen freudigen Anlass.

»Wie heißt es denn nun, dein Baby?«

»Ellinor.«

»Ellinor?« Nicht nur Thomsen, auch Sophie sieht nun verdutzt drein.

»Ja, wir dachten, die Mutti freut sich, weil es eine Abwandlung von ihrem Namen ist, und es gefällt uns beiden.«

»Aber . . . ist Ellinor nicht ein weiblicher Name?«, fragt Thomsen verunsichert nach.

»Natürlich«, lacht Jasper, als ob es das Selbstverständlichste der Welt wäre. »Meine Tochter ist schließlich ein Mädchen. Und jetzt kommt rein und guckt sie euch an. Es gibt kein süßeres Wesen auf der ganzen Welt.«

*Mut ist, wenn man Todesangst hat und
sich trotzdem in den Sattel schwingt*

John Wayne

Eine Woche später

47

Sophie lässt sich mit ihrer morgendlichen Tasse Kaffee an Svenjas Schreibtisch nieder.

»Ich bin froh, dass wir diesen Fall demnächst zu den Akten legen können.«

»Ich auch. Meinen Teil der Berichte habe ich so gut wie fertig«, erwidert Svenja. Ein Klopfen an der Glastür lässt sie aufhorchen. »Ja? Herein!«

Ein wenig zögerlich tritt Klara Dirksen ein, gefolgt von Lisbeth Mertens, deren Gesichtsausdruck eine ungewohnte Entschlossenheit zeigt.

»Wir wollen Anzeige erstatten«, sagt sie laut und deutlich, nachdem Klara bloß wie verloren im Raum herumsteht.

»Moin.« Sophie steht auf und bietet den beiden Damen einen Platz am Besprechungstisch an. Auch Svenja kommt neugierig näher und setzt sich dazu.

»Ich höre.« Sophie blickt Lisbeth auffordernd an.

»Die Klara hat eine Aussage zu machen, ich bin bloß hier für den psychischen Support.«

»Ist das so?« Sophie blickt nun Oskars Mutter an, die neben der bunten und extrovertierten Lisbeth wie ein krankes graues Schattenwesen wirkt.

»Ja«, kommt es zögerlich retour. »Ich hab es geschworen, am Krankenbett meines Sohnes, wenn er gesund wird, bringe ich alles zur Anzeige. All die Grausamkeiten, die Kalle uns angetan hat . . . und Lisbeth hat es gehört, als sie kam, um zu sehen, wie es Oskar geht. Ja, deswegen bin ich jetzt hier. Der Arzt sagte mir gestern, dass mein Junge wieder ganz gesund wird . . .«

»Das ist ja wunderbar!«, freut sich Svenja und drückt Klaras Hand.

»Ja.« Ein scheues Lächeln huscht über ihr verbrauchtes Gesicht. »Wahrscheinlich wird er schon in wenigen Wochen wieder entlassen. Aber er braucht dann Sicherheit zu Hause . . .«

»Und du hast es geschworen«, setzt Lisbeth nach.

»Ja. Deshalb möchte ich Anzeige erstatten, gegen meinen Ehemann Karl Dirksen.« Sie presst die Lippen zusammen und beginnt zu zittern.

Sophie nickt und drückt die Taste des Aufnahmegeräts.

»Wir zeichnen das auf, in Ordnung?«

»Ja. Kalle hat meinen Sohn schon oft verprügelt, ihm auch einmal den Arm gebrochen. Er hat auch auf Anna eingeprügelt, hat mein Junge gesagt, und auch, dass er ihn in den Schacht gestoßen hat und dann einfach gegangen ist.«

»Das hat Oskar gesagt?«

»Ja, und auch, dass er das vor jedem Gericht der Welt aussagen wird. Er ist so tapfer, mein kleiner Junge.«

»Ja, das ist er«, bestätigt Lisbeth und streicht Klara beruhigend über den Arm.

»Okay.« Svenja steht auf. »Ich bring das mal in die richtige Protokollform, damit Sie das gleich unterschreiben können.«

»Moment.« Lisbeth deutet ihr, sich wieder hinzusetzen. »Das ist noch nicht alles. Los, Klara, jetzt nicht kneifen, den Rest schaffst du auch noch.«

»Ja, ähem, ich erstatte auch Anzeige wegen Ilvy, er hat auch sie geschlagen. Mehrmals. Kalle war es, der sie aus dem Haus getrieben hat und ich bin mir sicher, dass er daran schuld ist, dass sie mit den Drogen angefangen hat. Nicht Anna. Ich weiß, dass Anna sie geliebt hat, und dass die beiden noch hier wären, wenn ich vor zehn Jahren schon den Mut gehabt hätte, meinen Mann anzuzeigen.«

Die Tränen fließen nun, und Svenja reicht Klara ein Taschentuch.

»Danke . . .« Sie schnäuzt sich lautstark. »Und ich möchte auch Anzeige erstatten, weil er mir gegenüber gewalttätig war. Seit zwanzig Jahren. Ich habe alle Krankenhausberichte aufgehoben und ich werde vor Gericht aussagen.«

Sie wirft einen scheuen Blick zu ihrer Begleiterin. »Du kommst doch mit, oder?«

Lisbeth nickt und legt ihr die Hand auf die Schulter. »Auf jeden Fall.«

»Das ist sehr mutig«, lobt Sophie. »Und ehrlich gesagt auch dringend nötig.« Sie sieht Klara nun eindringlich an. »Denn Kalle ist erwiesenermaßen nicht Annas Mörder. Keilstrand hat in der Zwischenzeit gestanden. Daher können wir Ihrem Ehemann bloß die Ohrfeigen vorwerfen, die er Anna verpasst hat. Die haben seine Bewährungsauflagen verletzt. Nur aus diesem Grund ist er noch in Haft. Ohne seine

Vorstrafen hätten wir ihn längst wieder entlassen müssen. Deshalb ist jede einzelne Anzeige so wichtig. Und deshalb dürfen Sie auch die Anzeige, zu der Sie sich heute durchgerungen haben, unter keinen Umständen wieder zurückziehen. Haben Sie das verstanden?«

Klara zittert nun so heftig, dass die Vibrationen für alle am Tisch spürbar sind. Aber sie nickt tapfer.

* * *

»Angst ist etwas Scheußliches«, sagt Sophie, während sie den beiden Frauen hinterhersieht.

»Vor allem als Dauerzustand«, präzisiert Svenja. »Bin echt froh, davon nicht betroffen zu sein.«

»Mhm . . . sogar Keilstrand meinte bei seiner letzten Vernehmung, jetzt braucht er wenigstens keine Angst mehr zu haben. Weder davor, dass man ihn erwischt, noch vor Koopmann, dem er wohl alles zutraut.«

»Apropos Koopmann, ist der eigentlich wieder auf freiem Fuß?«

»Frag nicht so scheinheilig!«, schimpft Sophie. »Du weißt genau, dass er von einem gewissen Ralf Theissen vertreten wird und daher seit gestern in Freiheit auf seinen Prozess warten darf.«

Svenja zuckt bloß amüsiert mit den Schultern und genießt ihren Kaffee, als ihr plötzlich noch etwas anderes einfällt.

»Glaubst du es ist wahr, dass Kalle Dirksen seinen

Sohn in den Schacht gestoßen hat?«

»Nein, ich denke, der Junge war so schlau, die Gelegenheit zu nutzen.« Sophie sieht Svenja nachdenklich an. »Kann man es ihm verübeln?«

Svenja antwortet nicht darauf. Mit einem zufriedenen Lächeln trinkt sie ihre Tasse leer, als die Glastür aufgestoßen wird und Thomsen mit einer Papiertüte in der Hand hereinkommt.

»War das eben Oskars Mutter?«, fragt er zur Begrüßung.

»Ja. Sie hat sich nach all der Zeit zu einer Anzeige gegen Kalle Dirksen durchgerungen.«

»Wurde auch Zeit.« Thomsen hängt seine Jacke auf. »Ich hätt jetzt Lust auf 'n Fischbrötchen. Wer von euch beiden läuft mal kurz zum Hafen?«

»Äh...«, beginnt Sophie.

»Jetzt vermisse ich Jasper«, mault Svenja. »So ein Papamonat dauert echt lange.«

»Viel zu lange«, bestätigt Sophie. »Zur Mittagszeit war er immer unser Fels in der Brandung.«

»Ja, weil er immer der Erste ist, der Hunger bekommt«, kichert Svenja. »Es gab Tage, da konnte ich die Fischbrötchen schon nicht mehr riechen, aber jetzt, nach bloß einer Woche, fehlen sie mir schon.«

»Nun, was das betrifft, soll ich mal liebe Grüße bestellen«, erwidert Thomsen amüsiert und packt die Papiertüte auf den Tisch. »Von der frisch gebackenen kleinen Familie Hinrichs.«

»Oh...« Svenja schnuppert erfreut. »Das lindert meine Entzugserscheinungen sofort.«

Thomsen zieht sein Handy aus der Hosentasche.

»Wollt ihr die neuesten Schnappschüsse sehen?«

»Klar!« Svenjas Augen leuchten und auch Sophie

kommt neugierig näher.

»Oh, mein Gott, sie ist so niedlich!«, schwärmt Svenja begeistert. »Ich kann immer noch nicht fassen, dass es ein Mädchen geworden ist.«

»Ja, wie man sieht, sind Ärzte auch nicht allwissend«, brummt Thomsen.

»So oder so, Hauptsache, er ist glücklich«, meint Sophie.

»Und ob er das ist. Die Kleine ist sein ganzer Stolz!«, beteuert Svenja, die ihren Blick nicht von dem herzigen Foto lösen kann.

»Guck das nicht so lange an.« Thomsen hält warnend den Zeigefinger hoch.

»Warum?«

Sophie lächelt belustigt.

»Babys sind ansteckend, das weiß man doch«, erklärt sie amüsiert und formt mit ihren Händen einen großen imaginären Bauch.

Nachwort der Autorin

Liebe Leserinnen und Leser,

an dieser Stelle möchte ich mich sehr herzlich für die Unterstützung bei meinen Freunden, Testlesern und Lektoren sowie den Experten der Kriminalistik und der Medizin bedanken – und natürlich bei Ihnen, liebe Leserinnen und Leser!

Ich freue mich, wenn **DIE KÜSTEN-KOMMISSARE** Ihnen ein paar spannende und unterhaltsame Stunden bescheren konnten.

Wenn es Ihnen gefallen hat, würde ich mich über eine Rezension bei Amazon sehr freuen. Ein großes **DANKE** all jenen, die sich kurz Zeit nehmen und ein paar Worte schreiben!

Für jene, die wissen wollen, wie es mit Thomsen, Meerkatz & Co weitergeht: Spannend – so viel steht fest. Denn das nächste Buch kommt schon sehr bald!

Einfach **Anne Amrum** auf Amazon folgen und sofort über Neuerscheinungen informiert werden!

Anne Amrum, November 2022

Instagram: anneamrum
E-Mail: anne.amrum@gmx.de

Es geht spannend weiter...

Der elfte Fall der Küsten-Kommissare
NORDSEE KÄLTE von
Anne Amrum

TATORT NORDSEE

An einem eiskalten Dezembertag erhält Oberkommissarin Sophie Meerkatz einen Brief von einer jungen Frau, Maren Jakobsen, der sie zutiefst berührt. Maren bittet um Hilfe, weil sie die Unschuld ihres Vaters, der zu einer lebenslangen Haftstrafe verurteilt wurde, beweisen möchte. Hauptkommissar Thomsen war frisch im Dienst, als er vor zwanzig Jahren, gemeinsam mit seinem Vorgesetzten, diesen Fall zum Abschluss brachte.

Das Verbrechen damals war abscheulich, junge Mädchen im Umkreis von Husum waren missbraucht und ermordet worden. Unter keinen Umständen möchte er jemals wieder an diesem Fall rütteln, und schon gar nicht in der beschaulichen Adventszeit. Doch Sophie lässt nicht locker und so ist ein Konflikt vorprogrammiert, der auf das gesamte Team übergreift. Erst als ein Bagger versehentlich eine Stromleitung kappt und einige Häuser für längere Zeit vom Strom abschneidet, werden Ereignisse losgetreten, die ein weiteres Verbrechen zu Tage fördern...

In Nordsee Kälte, dem elften Küstenkrimi der Bestseller-Autorin Anne Amrum, ermitteln die Nordsee Kommissare in ihrem bislang verstörendsten Fall.

Erhältlich auf AMAZON!

Wie alles begann ...

Der erste Fall der Küsten-Kommissare

NORDSEE Mord von Anne Amrum

TATORT NORDSEE

Die sechzehnjährige Inga wird tot im Husumer Watt aufgefunden. Die jugendliche Tote ist ein beliebtes Mädchen aus dem Ort. Ein tragischer Selbstmord, davon ist Hauptkommissar Rüdiger Thomsen überzeugt.

Doch seine neue Kollegin Sophie Meerkatz wittert ein Verbrechen und beginnt unangenehme Fragen zu stellen. Als kurz darauf die beste Freundin der Toten vermisst wird, gerät auch Thomsens Überzeugung ins Wanken. Denn die Mutter der Vermissten ist eine alte Vertraute . . .

Die Situation spitzt sich zu, als es in der Bevölkerung zu brodeln beginnt. Ein Sündenbock ist schnell gefunden. Doch liegt überhaupt ein Verbrechen vor und ist der Verdächtige auch tatsächlich der Schuldige? Und wo steckt das vermisste Mädchen?

Im ersten Teil der spannenden Nordsee-Reihe prallen Welten aufeinander:

Emanzipierte Emsigkeit aus der Hauptstadt trifft auf die Gelassenheit des Nordens. Mit Engagement und Leidenschaft für ihren Job tritt Kommissarin Sophie Meerkatz gegen die Vorbehalte ihres neuen Chefs an und scheut auch nicht davor zurück, zu drastischen Maßnahmen zu greifen.

Erhältlich auf AMAZON!

Printed in Dunstable, United Kingdom